初級日語
情境學習

- 編著 - 國立政治大學日本語文學系
日語教材編輯小組
- 召集人 - 鄭家瑜
- 監修 - 王淑琴、喬曉筠、葉秉杰
- 作者 -
今泉江利子、王麗香、金想容、邱麗娟、許育惠、馮秋玉、劉碧惠

■ 出版序

　　日本，是台灣人非常喜歡前往的觀光地；日本動漫文化，更是台灣年輕族群、中生代族群的生活樂趣與價值觀培養的重要媒介。基於經貿、文化、觀光、歷史連結等各樣理由，台灣的日語學習者為數眾多。單就政治大學而言，每年約有三百位學生選讀日文輔系。除此之外，本校外文中心也有開設日語班，經常處於爆滿狀態。有鑑於日語學習者之眾，政大外語學院阮若缺前院長提議日文系可以編撰一套適用於日文輔系的日語教材，除了可以提供日文輔系授課之用，亦可供學生自學、或適用於外文中心、國內大專院校、技職學校、大學先修班、AP 課程等相關機構所開設之日語課程。

　　有鑑於此，本系邀請現任的日文輔系教師、外文中心日語教師、日文系教師共同編撰本套書。感謝政治大學日文輔系教師今泉江利子、許育惠、邱麗娟、馮秋玉、劉碧惠等五位老師、外文中心王麗香老師、日文系金想容老師共同編撰，將第一線教學現場中的各樣問題一併考慮，竭力編撰符合學生需求、活潑又具有政大特色的教材。除此之外，王淑琴、葉秉杰、喬曉筠等三位本系語學專攻的教師，也盡心盡力協助本套書之內容監修。

　　以上十位老師歷經多次編輯會議、撰寫與討論、來回監修確認、修稿等多道程序，使得本套書得以完成。若非這十位教師對教學的熱忱、對教材編撰之意義的認同，實在難以在忙碌的工作之餘抽出心力進行本套書的編輯。身為本套書編輯的召集人，對於這十位老師的付出，感謝之意難以言表，盡藏於胸。

　　此外，在出版業不景氣的大環境中，感謝瑞蘭國際出版王愿琦社長、葉仲芸副總編輯願意投注大量的資金、時間與精力，用雙手大力推進本套書的出版作業，並用熱情與溫暖給予作者群、監修群的老師們在編輯過程中一切所需的協助，以致本套書能順利付梓，在此特致感謝之意。

感謝政大外語學院、日本語文學系的同仁對本套書編撰的支持，日文系李雯助教盡心竭力地輔助各編輯會議、各課稿件的收稿等等行政事務。本套書分《初級日語：情境學習》與《日語發音全攻略》等兩冊書，兩冊書互補互助，一起幫助學習者奠定良好的日語基礎。衷心祈願本套書可以成為老師與學生們在教學、自學時的極佳工具，讓日語學習更上一層樓。

國立政治大學日本語文學系

日語教材編輯小組 召集人

鄭家瑜

2023.08.08

■ 本書使用說明

　　本書為國立政治大學日本語文學系教師團隊所編纂的初級日語教材。除了作為日文系輔系課程的教材之外，也希望能讓選修第二外語或規劃自主學習的學生作為參考。

　　本書內容相當於日本語能力試驗的 N5 ～ N4 程度，共分成 16 課，從五十音練習開始，學習各類基礎單字及重要句型。在課文及單字的選定上，都盡量貼近現今的日常生活，並加入豐富的插圖，增添了實用度與趣味感。而各課的內容分為短文、句型、例句、句型練習、會話、單字表、練習問題等項目，引導學習者透過循序漸進的方式來穩固日語基礎。附錄則包含時間數量的相關詞彙整理、動詞變化表，以及各課練習題解答。本書亦邀請資深日籍教師錄製各課的音檔內容，提供學習者作為聽力與口語練習的工具。

　　以下簡單介紹每一課各項目的內容：

1. 學習重點

　　在正式進入每一課之前，先提示本課將出現的重要句型，讓學習者更了解各課的學習要點。

2. 短文

　　以大約 350 字以內之文章形式來呈現各課的重要單字、句型，短文的標題同時也是各課的名稱。

3. 文型

　　以短句的形式羅列出包含本課「學習重點」的句子，讓學習者更容易理解句型結構。

4. 例文

　　以短句或對話的形式，延伸「文型」中出現過的「學習重點」，除了強化「學習重點」外，並同時學習運用新的詞彙。

5. 練習

以填空、重組、改寫、造句等形式的練習，強化各課句型及單字的應用，並增加熟悉度。

6. 会話

將各課的重要句型，運用於各種日常生活的情境會話當中，除了讓學習者練習辨別説話的場合、身分外，也同時掌握更自然的日語語感。

7. 単語

將本課的新出單字以詞性依序分類，並標注重音，方便學習者預習或複習。本書的重音以《大辞林》、《NHK 日本語発音アクセント辞典新版》為主要參考依據。

8. 問題

以提高難度與深度的問答、翻譯等練習題，再次強化句型及單字的應用能力，並確認各課的學習成效，可作為課後的作業或自我驗收。

另外，各課的音檔內容均保存於指定的雲端資料夾中，只需掃描封面的 QR Code 下載音檔之後，按照各項目右上角的「MP3- 數字」編號即可播放，敬請多加利用。

如何掃描 QR Code 下載音檔

1. 以手機內建的相機或是掃描 QR Code 的 App 掃描封面的 QR Code。
2. 點選「雲端硬碟」的連結之後，進入音檔清單畫面，接著點選畫面右上角的「三個點」。
3. 點選「新增至「已加星號」專區」一欄，星星即會變成黃色或黑色，代表加入成功。
4. 開啟電腦，打開您的「雲端硬碟」網頁，點選左側欄位的「已加星號」。
5. 選擇該音檔資料夾，點滑鼠右鍵，選擇「下載」，即可將音檔存入電腦。

付録
ふろく

第一課
発音
はつおん

學習重點

1. **平仮名・片仮名**：「平假名・片假名」的發音和寫法。
   ひらがな かたかな

   アクセント：日語的重音。

2. **挨拶**：日語的寒暄、打招呼用語。
   あいさつ

3. **数字**：日語 1 到 10 的發音。
   すうじ

■ 平仮名 清音
<small>ひらがな せいおん</small>

▶ MP3-01

	A あ行	K か行	S さ行	T た行	N な行	H は行	M ま行	Y や行	R ら行	W わ行	
A あ段	あ a	か ka	さ sa	た ta	な na	は ha	ま ma	や ya	ら ra	わ wa	ん n
I い段	い i	き ki	し shi	ち chi	に ni	ひ hi	み mi		り ri		
U う段	う u	く ku	す su	つ tsu	ぬ nu	ふ fu	む mu	ゆ yu	る ru		
E え段	え e	け ke	せ se	て te	ね ne	へ he	め me		れ re		
O お段	お o	こ ko	そ so	と to	の no	ほ ho	も mo	よ yo	ろ ro	を o	

＊綠字標示的發音要特別注意。

■ アクセント

1. 音節的「數字」表示發音時高音的最後位置，即數字後為低音。

2. 第一個音和第二個音的高低，一定不同。

音節	例	類型
0	さくら（が）	平板型（後面接續的助詞維持高音）
1	せかい	頭高型
2	にほん	中高型
3	やすみ（が）	尾高型（後面接續的助詞降成低音）

練習 れんしゅう

▶ MP3-02

◆あ行 ぎょう

1. [1] 愛 あい　　2. [0] 上 うえ　　3. [1] 絵 え　　4. [2] 家 いえ　　5. [1] 青 あお

◆か行 ぎょう

1. [1] 赤 あか　　2. [1] 秋 あき　　3. [2] 菊 きく　　4. [2] 池 いけ　　5. [1] 恋 こい

◆さ行 ぎょう

1. [1] 傘 かさ　　2. [0] 試合 しあい　　3. [2] 寿司 すし　　4. [1] 世界 せかい　　5. [1] 外 そと

◆た行 ぎょう

1. [0] 太鼓 たいこ　　2. [1] 地下 ちか　　3. [0] 机 つくえ　　4. [1] 手 て　　5. [1] 都市 とし

◆な行 ぎょう

1. [1] 何 なに　　2. [2] 肉 にく　　3. [2] 犬 いぬ　　4. [1] 猫 ねこ　　5. [0] 布 ぬの

◆は行 ぎょう

1. [2] 花 はな　　2. [0] 人 ひと　　3. [2] 服 ふく　　4. [2] 下手 へた　　5. [0] 星 ほし

◆ま行 ぎょう

1. [3] 頭 あたま　　2. [0] 秘密 ひみつ　　3. [0] 虫 むし　　4. [1] 雨 あめ　　5. [0] 桃 もも

◆や行 ぎょう

1. [3] 休み やすみ　　2. [0] 焼肉 やきにく　　3. [2] 雪 ゆき　　4. [0] 横 よこ　　5. [0] 翌朝 よくあさ

◆ら行 ぎょう

1. [0] 桜 さくら　　2. [0] 薬 くすり　　3. [0] 車 くるま　　4. [0] 歴史 れきし　　5. [2] 色 いろ

◆わ行／撥音「ん」

1. ⓪ 私　　2. 本を買う　　3. ⓪ 反対　　4. ⓪ さんま　　5. ① 天気

◆撥音「ん」的發音會隨著後面接的音節不同而產生變化。

- 在「か行」、「が行」音節之前的「ん」是發［ŋ］的音，例如：⓪ 漫画［ŋ］。

- 在「た行」、「だ行」、「な行」、「ら行」音節之前的「ん」是發［n］的音，例如：⓪ 問題［n］。

- 在「ば行」、「ぱ行」、「ま行」音節之前的「ん」是發［m］的音，例如：⓪ 懸命［m］。

- 後面沒有音節時是發［N］的音，例如：① 本［N］。

■ **平仮名 濁音・半濁音**
（ひらがな だくおん はんだくおん）

第一課

▶ MP3-03

	G が行	Z ざ行	D だ行	B ば行	P ぱ行
A あ段	が ga	ざ za	だ da	ば ba	ぱ pa
I い段	ぎ gi	じ ji	ぢ ji	び bi	ぴ pi
U う段	ぐ gu	ず zu	づ zu	ぶ bu	ぷ pu
E え段	げ ge	ぜ ze	で de	べ be	ぺ pe
O お段	ご go	ぞ zo	ど do	ぼ bo	ぽ po

＊「じ」和「ぢ」的發音相同，「ず」和「づ」的發音相同。

練習（れんしゅう）

▶ MP3-04

◆が行（ぎょう）

1. ⓪ 漫画（まんが）　2. ② 鍵（かぎ）　3. ① 家具（かぐ）　4. ① 玄関（げんかん）　5. ② ごみ

◆ざ行（ぎょう）

1. ③ 残念（ざんねん）　2. ⓪ 時間（じかん）　3. ① 数（かず）　4. ① 全部（ぜんぶ）　5. ① 家族（かぞく）

◆だ行（ぎょう）

1. ⓪ 大学（だいがく）　2. ⓪ 鼻血（はなぢ）　3. ③ 鼓（つづみ）　4. ⓪ 家電（かでん）　5. ⓪ うどん

◆ば行（ぎょう）

1. ⓪ 晩（ばん）　2. ① 花火（はなび）　3. ① 文化（ぶんか）　4. ⓪ 別（べつ）　5. ① 僕（ぼく）

◆ぱ行（ぎょう）

1. ⓪ 乾杯（かんぱい）　2. ① 神秘（しんぴ）　3. ⓪ 天ぷら（てん）　4. ⓪ 完璧（かんぺき）　5. ⓪ 散歩（さんぽ）

015

促音是停頓一拍，不發音。書寫時，把「つ」寫成較小的「っ」，置於前一個假名的右下方。

練習
れん しゅう

▶ MP3-05

1. ⃞ 楽器（がっき）　2. ⃞ 石鹼（せっけん）　3. ⃞ 結婚（けっこん）　4. ⃞ 切符（きっぷ）　5. ⃞ 実験（じっけん）

■ 平仮名　長音
ひらがな　ちょうおん

長音並不單獨發音，而是將前一個音節的母音拉長一拍。

- 「あ段」的音後面加「あ」，例如：おかあさん（お母さん）

- 「い段」的音後面加「い」，例如：おにいさん（お兄さん）

- 「う段」的音後面加「う」，例如：すうじ（数字）

- 「え段」的音後面加「い」或「え」（以加「い」為多），例如：とけい（時計），おねえさん（お姉さん）

- 「お段」的音後面加「う」或「お」（以加「う」為多），例如：おとうさん（お父さん），おおさか（大阪）

長音規則整理如下：

	A あ行	K か行	S さ行	T た行	N な行	H は行	M ま行	Y や行	R ら行	W わ行	長音
A あ段	あ a	か ka	さ sa	た ta	な na	は ha	ま ma	や ya	ら ra	わ wa	＋あ
I い段	い i	き ki	し shi	ち chi	に ni	ひ hi	み mi		り ri		＋い

U う段	う u	く ku	す su	つ tsu	ぬ nu	ふ fu	む mu	ゆ yu	る ru		＋う
E え段	え e	け ke	せ se	て te	ね ne	へ he	め me		れ re		＋い ＋え
O お段	お o	こ ko	そ so	と to	の no	ほ ho	も mo	よ yo	ろ ro		＋う ＋お

練習 (れんしゅう)

▶ MP3-06

1. ② お祖母さん（ばあ）　2. ② お祖父さん（じい）　3. ⓪ 交通（こうつう）　4. ③ 先生（せんせい）　5. ⓪ 法律（ほうりつ）

■ 平仮名 拗音 (ひらがな ようおん)

拗音是由一個假名加上一個「や」、「ゆ」、「よ」所組成，合起來發一個音。寫法是將「や」、「ゆ」、「よ」寫成較小的「ゃ」、「ゅ」、「ょ」，置於前一個假名的右下方。

▶ MP3-07

K か行	G が行	S さ行	Z ざ行	T た行	N な行	H は行	B ば行	P ぱ行	M ま行	R ら行
きゃ kya	ぎゃ gya	しゃ sha	じゃ ja	ちゃ cha	にゃ nya	ひゃ hya	びゃ bya	ぴゃ pya	みゃ mya	りゃ rya
きゅ kyu	ぎゅ gyu	しゅ shu	じゅ ju	ちゅ chu	にゅ nyu	ひゅ hyu	びゅ byu	ぴゅ pyu	みゅ myu	りゅ ryu
きょ kyo	ぎょ gyo	しょ sho	じょ jo	ちょ cho	にょ nyo	ひょ hyo	びょ byo	ぴょ pyo	みょ myo	りょ ryo

練習 (れんしゅう)

▶ MP3-08

1. ① 社会（しゃかい）　2. ⓪ 牛乳（ぎゅうにゅう）　3. ⓪ 旅行（りょこう）　4. ① 寮（りょう）　5. ⓪ 留学（りゅうがく）

■ 片仮名 清音
<ruby>片仮名<rt>かたかな</rt></ruby> <ruby>清音<rt>せいおん</rt></ruby>

▶ MP3-09

	A ア行	K カ行	S サ行	T タ行	N ナ行	H ハ行	M マ行	Y ヤ行	R ラ行	W ワ行	
A ア段	ア a	カ ka	サ sa	タ ta	ナ na	ハ ha	マ ma	ヤ ya	ラ ra	ワ wa	ン n
I イ段	イ i	キ ki	シ shi	チ chi	ニ ni	ヒ hi	ミ mi		リ ri		
U ウ段	ウ u	ク ku	ス su	ツ tsu	ヌ nu	フ fu	ム mu	ユ yu	ル ru		
E エ段	エ e	ケ ke	セ se	テ te	ネ ne	ヘ he	メ me		レ re		
O オ段	オ o	コ ko	ソ so	ト to	ノ no	ホ ho	モ mo	ヨ yo	ロ ro	ヲ o	

＊綠字標示的發音要特別注意。

練習
<ruby>練習<rt>れんしゅう</rt></ruby>

▶ MP3-10

1. ① アニメ　2. ② ウイルス　3. ⓪ エアコン　4. ① クラス　5. ② ストレス

6. ① テスト　7. ① ホテル　8. ① トイレ　9. ① マスク　10. ① ワクチン

■ 片仮名 濁音・半濁音
かたかな だくおん はんだくおん

▶ MP3-11

	G ガ行	Z ザ行	D ダ行	B バ行	P パ行
A ア段	ガ ga	ザ za	ダ da	バ ba	パ pa
I イ段	ギ gi	ジ ji	ヂ ji	ビ bi	ピ pi
U ウ段	グ gu	ズ zu	ヅ zu	ブ bu	プ pu
E エ段	ゲ ge	ゼ ze	デ de	ベ be	ペ pe
O オ段	ゴ go	ゾ zo	ド do	ボ bo	ポ po

＊「ジ」和「ヂ」的發音相同，「ズ」和「ヅ」的發音相同。

練習
れんしゅう

▶ MP3-12

1. ⬜1 サラダ　　2. ⬜1 レジ　　3. ⬜1 バス　　4. ⬜0 パソコン　　5. ⬜1 ビル

■ 片仮名 促音
かたかな　そくおん

促音是停頓一拍，不發音。書寫時，把「ツ」寫成較小的「ッ」，置於前一個假名的右下方。

練習
れん　しゅう

▶ MP3-13

1. ⓪ コップ　　2. ② チケット　　3. ① ヘルメット　　4. ① ペット

■ 片仮名 長音
かたかな　ちょうおん

長音並不單獨發音，而是將前一個音節的母音拉長一拍。書寫時須加注長音符號，橫寫時以「—」表示；直寫（竪寫）時以「｜」表示。

練習
れん　しゅう

▶ MP3-14

1. ③ コーヒー　　2. ① サッカー　　3. ① プール　　4. ① ラーメン

■ 片仮名 拗音
（かたかな）（ようおん）

拗音是由一個假名加上一個「ャ」、「ュ」、「ョ」所組成，合起來發一個音。寫法是將「ヤ」、「ユ」、「ヨ」寫成較小的「ャ」、「ュ」、「ョ」，置於前一個假名的右下方。

▶ MP3-15

K カ行	G ガ行	S サ行	Z ザ行	T タ行	N ナ行	H ハ行	B バ行	P パ行	M マ行	R ラ行
キャ kya	ギャ gya	シャ sha	ジャ ja	チャ cha	ニャ nya	ヒャ hya	ビャ bya	ピャ pya	ミャ mya	リャ rya
キュ kyu	ギュ gyu	シュ shu	ジュ ju	チュ chu	ニュ nyu	ヒュ hyu	ビュ byu	ピュ pyu	ミュ myu	リュ ryu
キョ kyo	ギョ gyo	ショ sho	ジョ jo	チョ cho	ニョ nyo	ヒョ hyo	ビョ byo	ピョ pyo	ミョ myo	リョ ryo

練習
（れんしゅう）

▶ MP3-16

1. [1] ニュース
2. [1] ジャズ
3. [3] チョコレート
4. [2] ケチャップ
5. [1] ジュース
6. [0] ジョギング
7. [1] チャンス
8. [3] スケジュール
9. [1] チャーハン
10. [0] シュノーケリング

■ 片仮名 特殊音
<ruby>片<rt>かた</rt>仮<rt>か</rt>名<rt>な</rt></ruby> <ruby>特殊音<rt>とくしゅおん</rt></ruby>

▶ MP3-17

A ア段		ヴァ va		ツァ tsa	ファ fa
I イ段	ウィ wi	ヴィ vi		ティ ti　ディ di	フィ fi
E エ段	ウェ we	ヴェ ve	シェ she　ジェ je	チェ che	フェ fe
O オ段	ウォ wo	ヴォ vo			フォ fo

練習
<ruby>練<rt>れん</rt>習<rt>しゅう</rt></ruby>

▶ MP3-18

1. 1 ファイル　　　2. 0 ミーティング　　　3. 1 パーティー

4. 1 チェック　　　5. 1 ファッション　　　6. 1 フォーク

7. 1 コメディー　　　8. 1 シェフ　　　9. 5 ディズニーランド

10. 5 ミネラルウォーター

■ <ruby>挨拶<rt>あいさつ</rt></ruby>

▶ MP3-19

1. ありがとう（ございます）。

2. いいえ（、、どういたしまして）。

3. すみません。

4. おはよう（ございます）。

5. こんにちは。

6. こんばんは。

7. おやすみなさい。

8. さようなら。

9. また、<ruby>明日<rt>あした</rt></ruby>。

10. お<ruby>先<rt>さき</rt></ruby>に<ruby>失礼<rt>しつれい</rt></ruby>します。

11. <ruby>初<rt>はじ</rt></ruby>めまして。

12. どうぞよろしく<ruby>お願<rt>ねが</rt></ruby>いします。

13. こちらこそ。

14. <ruby>お願<rt>ねが</rt></ruby>いします。

15. <ruby>大丈夫<rt>だいじょうぶ</rt></ruby>ですか。

■ 数字 <ruby>すうじ</ruby>

▶ MP3-20

数字	發音
0	1 ゼロ／1 零 <ruby>れい</ruby> .
1	2 いち
2	1 に
3	0 さん
4	1 よん／1 し／1 よ
5	1 ご
6	2 ろく
7	2 しち／1 なな
8	2 はち
9	1 きゅう／1 く
10	1 じゅう

第二課

<ruby>自<rt>じ</rt></ruby><ruby>己<rt>こ</rt></ruby><ruby>紹<rt>しょう</rt></ruby><ruby>介<rt>かい</rt></ruby>

學習重點

1.「ＮはＮです」：名詞述語句（現在式肯定形、否定形，以及過去式肯定形、否定形）。

2.「これ・それ・あれ」：指特定東西的指示詞。

3.「ここ・そこ・あそこ」：指特定地點的指示詞。

4.「こちら・そちら・あちら」：指示詞的禮貌用法。

私（わたし）の写真（しゃしん）

　私（わたし）は陳（ちん）です。大学（だいがく）1年生（いちねんせい）です。日本語学科（にほんごがっか）の学生（がくせい）です。これは私（わたし）と友達（ともだち）の写真（しゃしん）です。この人（ひと）は佐藤（さとう）さんです。佐藤（さとう）さんは日本人（にほんじん）です。この人（ひと）はパクさんです。パクさんは韓国人（かんこくじん）です。佐藤（さとう）さんもパクさんも留学生（りゅうがくせい）です。佐藤（さとう）さんは大学生（だいがくせい）です。パクさんは大学生（だいがくせい）じゃありません。大学院生（だいがくいんせい）です。

■ **文型**（ぶんけい）

▶ MP3-22

❶ 私（わたし）は陳（ちん）です。1年生（いちねんせい）ではありません。2年生（にねんせい）です。

❷ パクさんは大学生（だいがくせい）じゃありません。大学院生（だいがくいんせい）です。

❸ エマさんは留学生（りゅうがくせい）です。山本（やまもと）さんも留学生（りゅうがくせい）です。

❹ これは日本語（にほんご）の本（ほん）です。私（わたし）のです。

❺ ここは105（いちゼロご）教室（きょうしつ）です。

❻ 図書館（としょかん）はどこですか。

❼ 高橋先生（たかはしせんせい）はどちらですか。

▶ MP3-23

① **A** 張さんは大学生ですか。

B はい、大学生です。

② **A** これはキムさんの本ですか。

B いいえ、私のじゃありません。呉さんのです。

③ **A** 昨日は休みでしたか。

B いいえ、休みじゃありませんでした。

④ **A** その方はどなたですか。

B マリーさんです。マリーさんも1年生です。

⑤ **A** 727教室はどこですか。

B あそこです。

⑥ **A** 大学はどちらですか。

B 日本大学です。

⑦ **A** 初めまして。田中です。どうぞよろしくお願いします。

B 蔡です。こちらこそ、どうぞよろしくお願いします。

■ 練習

1. 例

私、王 → 私は王です。

① 林さん、私の友達　→ _____

② これ、台湾の果物　→ _____

③ あそこ、大学の食堂 → _____

④ あの方、小池先生　→ _____

⑤ それ、中国語の本　→ _____

2. 例

私、日本人 → 私は日本人じゃありません。

① 山田さん、先生　　　→ _____

② 私、日本語学科の学生 → _____

③ これ、台湾の果物　　→ _____

④ そこ、銀行　　　　　→ _____

⑤ ルナさん、留学生　　→ _____

3. 例

これ、日本語の本 → これは日本語の本です。

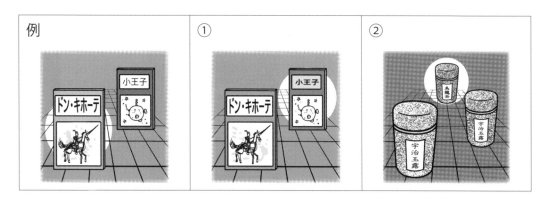

① _____

② _____

4. 例

ここ・図書館 → ここは図書館です。

① _____

② _____

5. 例

A：それは何^{なん}ですか。
B：それは日本^{にほん}の果物^{くだもの}です。

例

①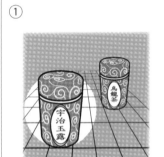

②

③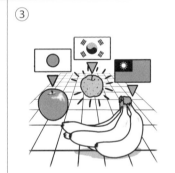

① A：これは何^{なん}ですか。

B：＿＿＿＿＿＿＿＿＿＿＿＿＿＿＿＿＿＿＿＿＿

② A：日本語^{にほんご}の本^{ほん}はどこですか。

B：＿＿＿＿＿＿＿＿＿＿＿＿＿＿＿＿＿＿＿＿＿

③ A：あれは何^{なん}ですか。

B：＿＿＿＿＿＿＿＿＿＿＿＿＿＿＿＿＿＿＿＿＿

■ <ruby>会話<rt>かい わ</rt></ruby>

① <ruby>劉<rt>りゅう</rt></ruby>　：<ruby>山口先生<rt>やまぐちせんせい</rt></ruby>、おはようございます。

<ruby>山口<rt>やまぐち</rt></ruby>：<ruby>劉<rt>りゅう</rt></ruby>さん、おはようございます。<ruby>授業<rt>じゅぎょう</rt></ruby>ですか。

<ruby>劉<rt>りゅう</rt></ruby>　：はい。<ruby>韓国語<rt>かんこく ご</rt></ruby>の<ruby>授業<rt>じゅぎょう</rt></ruby>です。

第二課

❷ ルーカス：鄭さん、おはよう。鄭さんの教室はどこですか。

　鄭　　　：５１２教室です。ルーカスさんは？

　ルーカス：３１６教室です。

　鄭　　　：そうですか。

❸ 鈴木：許さん、こちらは佐藤さんです。私の友達です。

　佐藤：初めまして。どうぞよろしくお願いします。

　許　：許です。こちらこそ、どうぞよろしくお願いします。
　　　　佐藤さんも大学生ですか。

　佐藤：いいえ、大学生じゃありません。大学院生です。

❹ 渡辺：食堂は休みでしたか。

　黄　：いいえ、休みじゃありませんでした。

❺ 蘇　　　：イーサンさん、ここです。

　イーサン：あっ、すみません。蘇さん、この人は私の友達です。

　蘇　　　：こんにちは。蘇です。失礼ですが、お名前は。

　山口　　：山口です。どうぞよろしく。

■ 単語

1	0	これ	代名詞	這個
2	0	それ	代名詞	那個
3	0	あれ	代名詞	那個
4	0	この	連体詞	這個＋N
5	0	その	連体詞	那個＋N
6	0	あの	連体詞	那個＋N
7	0	ここ	代名詞	這裡
8	0	そこ	代名詞	那裡
9	0	あそこ	代名詞	那裡
10	0	こちら	代名詞	這邊（比較有禮貌的說法）
11	2	その人（ひと）	代名詞	那個人
12	4	その方（かた）	代名詞	那一位（比較有禮貌的說法）
13	0	私（わたし）	代名詞	我
14	0	大学（だいがく）	名詞	大學
15	2／3	日本（にほん）／日本（にっぽん）	名詞	日本
16	0	学生（がくせい）	名詞	學生
17	0	友達（ともだち）	名詞	朋友
18	0	写真（しゃしん）	名詞	照片
19	1	韓国（かんこく）	名詞	韓國
20	3	留学生（りゅうがくせい）	名詞	留學生

第二課

21	3	大学生 <small>だいがくせい</small>	名詞	大學生
22	5	大学院生 <small>だいがくいんせい</small>	名詞	研究生
23	1	本 <small>ほん</small>	名詞	書
24	0	教室 <small>きょうしつ</small>	名詞	教室
25	2	図書館 <small>としょかん</small>	名詞	圖書館
26	3	先生 <small>せんせい</small>	名詞	老師
27	3	休み <small>やす</small>	名詞	休息、假日、缺席
28	3	台湾 <small>たいわん</small>	名詞	台灣
29	2	果物 <small>くだもの</small>	名詞	水果
30	0	食堂 <small>しょくどう</small>	名詞	餐廳
31	0	中国語 <small>ちゅうごくご</small>	名詞	中文
32	0	銀行 <small>ぎんこう</small>	名詞	銀行
33	0	お茶 <small>ちゃ</small>	名詞	茶
34	3	お手洗い <small>てあら</small>	名詞	洗手間
35	1	授業 <small>じゅぎょう</small>	名詞	課程
36	0	宿題 <small>しゅくだい</small>	名詞	作業
37	1	寮 <small>りょう</small>	名詞	宿舍
38	1	何 <small>なに</small>	疑問詞	什麼
39	1	どこ	疑問詞	哪裡
40	1	どちら	疑問詞	哪邊（比較有禮貌的説法）
41	1	どなた	疑問詞	哪一位（比較有禮貌的説法）

42	～年生（ねんせい）	接尾辞	～年級
43	～語（ご）	接尾辞	～語
44	～学科（がっか） 例：日本語学科（にほんごがっか）	接尾辞	～系 例：日文系
45	～人（じん）	接尾辞	～人
46	失礼（しつれい）ですが、お名前（なまえ）は。		冒昧請教一下，您貴姓？ 您叫什麼名字？

第二課

1. 請完成下列表格。

例：学生です。	学生じゃありません。
４年生です。	①
②	日本語の本じゃありません。
葉さんのです。	③
④	図書館はあそこじゃありません。
これは宿題です。	⑤

例：休みでした。	休みじゃありませんでした。
⑥	学生じゃありませんでした。
銀行でした。	⑦
⑧	食堂じゃありませんでした。
７０５教室でした。	⑨
⑩	寮じゃありませんでした。

2. 請完成下列問答。

❶ 失礼ですが、お名前は。

→ _____

❷ 何年生ですか。

→ _____

❸ 大学はどちらですか。

→ _____

❹ 日本語学科の学生ですか。

→ _____

3. 重組。

❶ は／何／本／です／これ／か／の

→ _____

❷ 徐さん／です／も／大学／この／も／の／学生／蘇さん

→ _____

❸ 私／は／日本語学科／です／の／友達／学生／の

→ _____

❹ ３２８教室／じゃありません／そこ／は

→ _____

4. 請將中文翻譯成日文。

① 你是日本人嗎？ → _____

② 那是什麼呢？　 → _____

③ 請問一下。洗手間在哪裡呢？

→ _____

④ 木村小姐不是老師。是學生。

→ _____

⑤ 老師，請問一下。這是作業嗎？

→ _____

5. 看圖作文。（請看圖片的內容，試著寫出幾個簡單的句子。）

_____

_____

_____

_____

_____

_____

第三課

<ruby>私<rt>わたし</rt></ruby>の<ruby>一日<rt>いちにち</rt></ruby>

學習重點

1.「<ruby>何時<rt>なんじ</rt></ruby>から<ruby>何時<rt>なんじ</rt></ruby>まで・<ruby>何曜日<rt>なんようび</rt></ruby>」：時間、星期的說法。

2.「あります・います」：存在句型的說法。

3.「～ます・～ません・～ました・～ませんでした」：動詞的時態。

私の一日

　今日は水曜日です。今朝6時10分に起きました。7時半に朝ご飯を食べました。8時5分に学校へ行きました。

　私の学校は台北市にあります。午前中学校で勉強をしました。昼ご飯は食べませんでした。

　午後2時から5時まで部活がありました。6時に晩ご飯を食べました。7時から9時まで図書館で本を読みました。10時15分にお風呂に入りました。11時に寝ました。

■ 文型

▶ MP3-27

❶ 今何時ですか。

❷ 今日は何曜日ですか。

❸ 午後2時から5時まで部活があります。

❹ 私の学校は台北市にあります。

❺ 家族は高雄にいます。

❻ あそこにコンビニがあります。

❼ 事務室に職員がいます。

❽ 朝ご飯を食べます。／食べません。／食べました。／食べませんでした。

▶ MP3-28

❶ **A** 東京は今何時ですか。

B 午前9時10分です。

❷ **A** 休みは何曜日ですか。

B 土曜日と日曜日です。

❸ **A** 部活は何時から何時までですか。

B 午後2時から4時までです。

❹ **A** 毎朝何時に起きますか。

B 7時に起きます。

❺ **A** 毎晩何時に寝ますか。

B 12時に寝ます。

❻ **A** ゆうべ勉強をしましたか。

B いいえ、勉強をしませんでした。

❼ **A** 郵便局はどこにありますか。

B 学校の前にあります。

❽ **A** 陳さんはどこにいますか。

B 日本語教室にいます。

1. 例

今何時ですか。 →4時です。

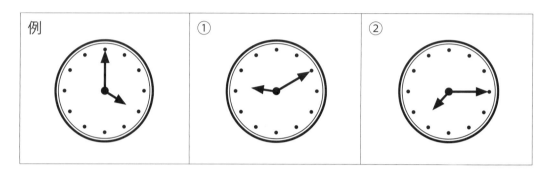

① 今何時何分ですか。 → _____

② 今何時何分ですか。 → _____

2. 例

銀行は午前9時から午後 3 時半までです。

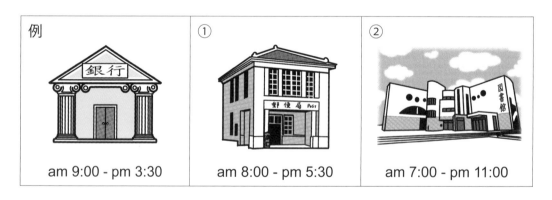

例	①	②
銀行	郵便局	図書館
am 9:00 - pm 3:30	am 8:00 - pm 5:30	am 7:00 - pm 11:00

① _____

② _____

3. 例

テーブルの上に花瓶があります。

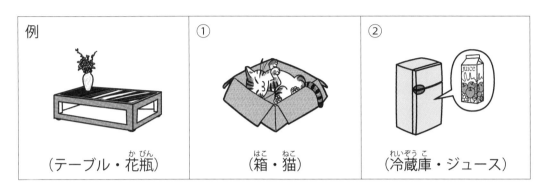

例	①	②
（テーブル・花瓶）	（箱・猫）	（冷蔵庫・ジュース）

①

②

4. 例

今朝 6 時に起きました。

| 例「今朝」am 6:00 | ①「今朝」am 7:00 | ②「毎日」am 8:00 |
| ③「昨日」pm 6:00 | ④「おととい」pm 9:00 | ⑤「ゆうべ」pm 11:00 |

① _____

② _____

③ _____

④ _____

⑤ _____

■ 会話
かいわ

① （学校で）
がっこう

王：すみません。日本語教室はどこにありますか。
おう　　　　　　　にほんごきょうしつ

劉：二階にあります。
りゅう　にかい

王：高橋先生はどこにいますか。
おう　たかはしせんせい

劉：一階の事務室にいます。
りゅう　いっかい　じむしつ

王：どうも、ありがとうございます。
おう

---

② （故宮博物院で）
こきゅうはくぶついん

陳：すみません。故宮博物院は何時から何時までですか。
ちん　　　　　　　こきゅうはくぶついん　なんじ　　　なんじ

劉：9時から5時までです。
りゅう　くじ　　ごじ

陳：休みは何曜日ですか。
ちん　やす　なんようび

劉：月曜日です。
りゅう　げつようび

陳：どうも、ありがとうございます。
ちん

❸ （食堂で）

王：劉さん、今朝何を食べましたか。

劉：パンと卵を食べました。王さんは？

王：私は何も食べませんでした。

❹ （寮で）

劉：ゆうべ 12 時まで勉強をしました。

陳：そうですか。何時に寝ましたか。

劉：1 時に寝ました。

陳：大変ですね。

■ 単語

1	4	一日	名詞	一天
2	1	今	名詞	現在
3	1	午前	名詞	上午
4	0	午前中	名詞	整個上午
5	1	午後	名詞	下午
6	1	今朝	名詞	今天早上
7	3	ゆうべ	名詞	昨晚
8	1	毎日	名詞	每天
9	1	毎朝	名詞	每天早上
10	1	毎晩	名詞	每天晚上
11	2	事務室	名詞	辦公室
12	2	職員	名詞	職員
13	2	ゴミ	名詞	垃圾
14	0	テーブル	名詞	桌子
15	3	朝ご飯	名詞	早餐
16	3	昼ご飯	名詞	午餐
17	3	晩ご飯	名詞	晚餐
18	1	パン	名詞	麵包
19	2	卵	名詞	蛋
20	1	ジュース	名詞	果汁
21	0	夜食	名詞	宵夜

第三課

22	0	部活 <ruby>ぶ<rt>ぶ</rt></ruby>	名詞	社團活動
23	0	花瓶	名詞	花瓶
24	0	箱	名詞	箱子
25	3	冷蔵庫	名詞	冰箱
26	1	本棚	名詞	書櫃
27	2	お風呂	名詞	浴室
28	1	トイレ	名詞	廁所
29	0	公園	名詞	公園
30	0	コンビニ	名詞	便利商店
31	3	郵便局	名詞	郵局
32	0	学校	名詞	學校
33	0	上	名詞	上面
34	1	中	名詞	裡面
35	0	時計	名詞	時鐘
36	1	家族	名詞	家族、家人
37	0	勉強	名詞	唸書
38	3	アルバイト	名詞	打工
39	1	今日	名詞	今天
40	3	明日	名詞	明天
41	3	おととい	名詞	前天
42	2	あさって	名詞	後天

43	1	毎日 まいにち	名詞	每日
44		～時 じ	助数詞	～點
45		～分／～分 ふん　　ぷん	助数詞	～分
46		～曜日 よう び	名詞	星期～
47	0	大変 たいへん	な形容詞	辛苦（的）
48	3	あります	動詞 （第Ⅰ類）	（事、物）在、有
49	3	飲みます の	動詞 （第Ⅰ類）	喝
50	4	帰ります かえ	動詞 （第Ⅰ類）	回家
51	3	行きます い	動詞 （第Ⅰ類）	去
52	3	読みます よ	動詞 （第Ⅰ類）	閲讀
53	4	入ります はい	動詞 （第Ⅰ類）	進入
54	2	います	動詞 （第Ⅱ類）	（人、動物）在、有
55	3	食べます た	動詞 （第Ⅱ類）	吃
56	3	起きます お	動詞 （第Ⅱ類）	起床
57	2	寝ます ね	動詞 （第Ⅱ類）	睡覺
58	2	来ます き	動詞 （第Ⅲ類）	來
59	2	します	動詞 （第Ⅲ類）	做

第三課

1. 請將下列動詞改成現在式的否定形，以及過去式的肯定形和否定形。

現在式		過去式	
肯定形	否定形	肯定形	否定形
食べます（吃）			
飲みます（喝）			
行きます（去）			
来ます（來）			
帰ります（回家）			
起きます（起床）			
寝ます（睡覺）			
勉強します（唸書、學習）			
読みます（閱讀）			
入ります（進入）			

2. 問答。

❶ 今朝何時に起きましたか。

→ _____

❷ ゆうべ何時に寝ましたか。

→ _____

❸ 今日は何曜日ですか。

→ _____

❹ 朝ご飯は何を食べましたか。

→ _____

❹ 日本語の授業は何時から何時までですか。

→ _____

3. 重組。

例：どこ／は／トイレ／に／ありますか。

→ <u>トイレはどこにありますか。</u>

❶ 5時／毎朝／に／起きます。

→ _____

❷ アルバイト／2時／5時／から／を／まで／します。

→ _____

❸ 月曜日／ゴミの日／水曜日／は／と／です。

→ _____

❹ 何／今朝／も／でした／食べません。

→ _____

❺ 学校／来ます／へ／毎日／か。

→ _____

4. 請將中文翻譯成日文。

❶ 今天有社團活動。

→ _____

❷ 下午兩點到四點有日文課。（日本語の授業）

→ _____

❸ 我不吃宵夜。（夜食）

→ _____

❹ 我每天早上六點左右起床。

→ _____

第四課

私の家

學習重點

1.「い形容詞・な形容詞」：「現在式的肯定形＋否定形」的用法。
2.「大きいりんご・きれいな部屋」：「形容詞接續名詞」的用法。
3.「て・で」：「形容詞中止形」的用法。

■ 短文

私の家

　私の家は一戸建てです。新しい家です。広い庭があります。庭に大きい木があります。きれいな花もあります。

　一階に玄関と居間と台所があります。玄関は広くないですが、かわいいです。居間は日当たりがいいです。いつも明るいです。キッチンはきれいで新しいです。母は料理が上手です。私は上手ではありません。

■ 文型

❶ 美味しいです。

❷ 美味しくありません。／美味しくないです。

❸ 元気です。

❹ 元気ではありません。／元気ではないです。
　元気じゃありません。／元気じゃないです。

❺ これは古いかばんです。

❻ 私の友達は素敵な人です。

❼ あの店は美味しくて安いです。

❽ この部屋はきれいで静かです。

❾ 母は料理が上手です。

▶ MP3-33

① Ⓐ 毎日忙しいですか。

Ⓑ はい、忙しいです。

② Ⓐ 暑いですか。

Ⓑ いいえ、暑くないです。

③ Ⓐ お元気ですか。

Ⓑ はい、元気です。

④ Ⓐ この辺りは静かですか。

Ⓑ いいえ、あまり静かではありません。

⑤ Ⓐ 法隆寺は古いお寺ですか。

Ⓑ はい、古いお寺です。

⑥ Ⓐ キムさんの古里はどんな町ですか。

Ⓑ にぎやかな町です。

⑦ Ⓐ あの店はどうですか。

Ⓑ 美味しくて安いです。

⑧ Ⓐ その部屋はどんな部屋ですか。

Ⓑ きれいで静かな部屋です。

第四課

1. 例

このお菓子は美味しいですか。

→ はい、美味しいです。

→ いいえ、あまり美味しくありません。／あまり美味しくないです。

① そのかばんは重いですか。→ はい、＿＿＿＿＿＿＿＿＿＿＿＿＿＿＿

② このケーキは甘いですか。→ いいえ、＿＿＿＿＿＿＿＿＿＿＿＿＿＿

③ この小説は面白いですか。→ はい、＿＿＿＿＿＿＿＿＿＿＿＿＿＿＿

④ このカレーは辛いですか。→ いいえ、あまり＿＿＿＿＿＿＿＿＿＿＿

⑤ このカメラはいいですか。→ いいえ、あまり＿＿＿＿＿＿＿＿＿＿＿

2. 例

このパソコン／便利です。

→ このパソコンは便利ではありません。／便利ではないです。／便利じゃありません。／便利じゃないです。

① あの人／親切です。

→ ＿＿＿＿＿＿＿＿＿＿＿＿＿＿＿＿＿＿＿＿＿＿＿＿＿＿＿＿＿＿＿＿

② カタカナ／簡単です

→ ＿＿＿＿＿＿＿＿＿＿＿＿＿＿＿＿＿＿＿＿＿＿＿＿＿＿＿＿＿＿＿＿

③ 私の学校／有名です。

→ ＿＿＿＿＿＿＿＿＿＿＿＿＿＿＿＿＿＿＿＿＿＿＿＿＿＿＿＿＿＿＿＿

④ このかばん／丈夫です。

→ _____

⑤ 私の古里／にぎやかです。

→ _____

_____

3. 例

私の部屋／新しい／広い
→ 私の部屋は新しくて広いです。

① 弟の部屋／狭い／汚い　　→ _____

② この公園／きれい／静か　→ _____

③ 陳さん／ハンサム／明るい　→ _____

④ おかあさん／若い／やさしい→ _____

⑤ このケーキ／大きい／安い　→ _____

⑥ 陳さん／やさしい／真面目　→ _____

■ 会話 <small>かい わ</small>

❶ （教室で）<small>きょうしつ</small>

マリー：陳さんの部屋は広いですか。

陳　　：いいえ、広くありません。

　　　　マリーさんの部屋は広いですか。

マリー：いいえ、私の部屋も広くありません。

陳　　：マリーさんの部屋はきれいですか。

マリー：はい、私の部屋はきれいです。

陳　　：そうですか。私の部屋はきれいじゃありません。

陳　　　　　　　　　　マリー

❷ （陳さんの家で）

高橋：この方は誰ですか。

陳　：若い時の父です。これは大学の時の写真です。

高橋：へえ。その時はとてもハンサムでス
　　　マートでしたね。

❸ （教室で）

陳　：毎日暑いですね。

高橋：そうですね。陳さんの国も 8 月は
　　　暑いですか。

陳　：はい、とても暑いです。パクさん
　　　の国はどうですか。

パク：韓国の 8 月はあまり暑くありません。

■ 単語

1	0	一戸建て（いっこだ）	名詞	獨門獨院的房子
2	2	家（いえ）	名詞	家
3	0	庭（にわ）	名詞	庭院
4	1	木（き）	名詞	樹木
5	1	母（はは）	名詞	母親、媽媽
6	1	玄関（げんかん）	名詞	玄關
7	2	居間（いま）	名詞	客廳
8	0	台所（だいどころ）	名詞	廚房
9	1	キッチン	名詞	廚房
10	0	日当たり（ひあ）	名詞	採光
11	0	かばん	名詞	書包、皮包
12	1	辺り（あた）	名詞	附近
13	0	お寺（てら）	名詞	寺廟
14	2	古里（ふるさと）	名詞	故鄉
15	0	小説（しょうせつ）	名詞	小説
16	0	カレー	名詞	咖哩
17	0	国（くに）	名詞	國家
18	2	店（みせ）	名詞	店
19	0	問題（もんだい）	名詞	問題
20	4	弟（おとうと）	名詞	弟弟
21	2	町（まち）	名詞	城市、街

22	3	女（おんな）	名詞	女性
23	2	寒（さむ）い	い形容詞	冷（的）
24	4	新（あたら）しい	い形容詞	新（的）
25	2	広（ひろ）い	い形容詞	寬闊（的）
26	3	大（おお）きい	い形容詞	大（的）
27	3	かわいい	い形容詞	可愛（的）
28	1	いい（よい）	い形容詞	好（的）
29	3	明（あか）るい	い形容詞	明亮（的）、開朗（的）
30	3	美味（おい）しい	い形容詞	好吃（的）
31	2	安（やす）い	い形容詞	便宜（的）
32	4	忙（いそが）しい	い形容詞	忙碌（的）
33	2	暑（あつ）い	い形容詞	熱（的）
34	2	古（ふる）い	い形容詞	舊（的）
35	4	面白（おもしろ）い	い形容詞	有趣（的）
36	2	辛（から）い	い形容詞	辣（的）
37	2	若（わか）い	い形容詞	年輕（的）
38	3	汚（きたな）い	い形容詞	骯髒（的）
39	3	やさしい	い形容詞	溫柔（的）
40	2	狭（せま）い	い形容詞	狹窄（的）
41	2	重（おも）い	い形容詞	重（的）
42	2	甘（あま）い	い形容詞	甜（的）

43	1	きれい	な形容詞	漂亮（的）、整齊乾淨（的）
44	2	好き す	な形容詞	喜歡（的）
45	3	上手 じょう ず	な形容詞	很好（的）、擅長（的）
46	1	元気 げん き	な形容詞	有精神（的）
47	0	素敵 す てき	な形容詞	極好（的）、極棒（的）
48	1	静か しず	な形容詞	安靜（的）
49	2	にぎやか	な形容詞	熱鬧（的）
50	0	簡単 かん たん	な形容詞	簡單（的）
51	0	有名 ゆう めい	な形容詞	有名（的）
52	0	丈夫 じょう ぶ	な形容詞	堅固耐用（的）
53	1	ハンサム	な形容詞	英俊（的）
54	0	嫌い きら	な形容詞	討厭（的）
55	0	真面目 ま じ め	な形容詞	認真（的）
56	2	スマート	な形容詞	時髦（的）、身材苗條（的）
57	1	便利 べん り	な形容詞	方便（的）
58	0	大切 たい せつ	な形容詞	重要（的）
59	1	親切 しん せつ	な形容詞	親切（的）
60	1	いつも	副詞	總是
61	0	あまり	副詞	太〜（「あまり」後面加否定表示「不太〜」）
62	0	とても	副詞	很、非常
63	1	彼 かれ	代名詞	他

1. 請將下列「い形容詞」、「な形容詞」改為「否定形」和「中止形」。

い形容詞	否定形	中止形
寒_{さむ}い	寒_{さむ}くありません／ 寒_{さむ}くないです	寒_{さむ}くて
暑_{あつ}い		
忙_{いそが}しい		
美味_{おい}しい		
汚_{きたな}い		
いい		
安_{やす}い		
大_{おお}きい		
面白_{おもしろ}い		
新_{あたら}しい		
古_{ふる}い		
甘_{あま}い		
辛_{から}い		
広_{ひろ}い		

第四課

な形容詞	否定形	中止形
静<ruby>しず</ruby>か	静かではありません／ 静かではないです	静かで
にぎやか		
元気<ruby>げんき</ruby>		
きれい		
簡単<ruby>かんたん</ruby>		
上手<ruby>じょうず</ruby>		
丈夫<ruby>じょうぶ</ruby>		
便利<ruby>べんり</ruby>		
親切<ruby>しんせつ</ruby>		
有名<ruby>ゆうめい</ruby>		
好<ruby>す</ruby>き		
嫌<ruby>きら</ruby>い		
ハンサム		
大切<ruby>たいせつ</ruby>		

2. 問答。

❶ 日本語は面白いですか。

→ _____

❷ 辛い物が好きですか。

→ _____

❸ 台北のＭＲＴは便利ですか。

→ _____

3. 重組。

例：大切な／これ／は／本／です。

→ <u>これは大切な本です。</u>

❶ ケーキ／美味しい／は／この／です。

→ _____

❷ 問題／この／簡単／は／です。

→ _____

❸ あの／きれい／は／やさしくて／女の人／です。

→ _____

4. 請將中文翻譯成日文。

❶ 他很有名。　　　→ _____

❷ 他是個認真的人。　→ _____

MEMO

第五課

わたし　　しゅみ
私の趣味

學習重點

1.「い形容詞・な形容詞」：「過去式的肯定形＋否定形」的用法。
　けいようし　　けいようし

2.「ＡよりＢの方が好きです。」：「比較句型」的說法。
　　　　　　　ほう　す

3.「助詞で」：「表示範圍、場所」的用法。

私の趣味

私の趣味は運動です。運動の中で山登りが一番好きです。去年の 8月 26 日に友達と富士山に登りました。

朝 4 時ごろ吉田ルートで山頂を目指しました。空はまだ暗かったです。日の出は 5 時ごろでした。天気がよかったです。景色もきれいでした。山頂まで 7 時間かかりました。疲れましたが、とても楽しかったです。山頂の気温は 10 度でしたが、あまり寒くなかったです。温かいおでんも食べました。美味しかったです。

■ 文型

▶ MP3-37

❶ 昨日は寒かったです。／寒くありませんでした。／寒くなかったです。

❷ 昨日のお祭りはにぎやかでした。／にぎやかではありませんでした。／にぎやかではなかったです。／にぎやかじゃありませんでした。／にぎやかじゃなかったです。

❸ 運動より音楽の方が好きです。

❹ 部活の中で何が一番好きですか。

❶ A 昨日の映画は面白かったですか。

B はい、面白かったです。

❷ A 天気はよかったですか。

B いいえ、あまりよくなかったです。

❸ A 昨日のお祭りはどうでしたか。

B とてもにぎやかでした。

❹ A 台南は静かでしたか。

B いいえ、静かではありませんでした。／静かではなかったです。

❺ A 山と海ではどちらが好きですか。

B 海より山の方が好きです。

❻ A 日本料理の中で何が一番好きですか。

B 寿司が一番好きです。

第五課

■ 練習

1. 例

例1：昨日・暑い → 昨日は暑かったです。

例2：おととい・暑くない

　　　→ おとといは暑くありませんでした。／暑くなかったです。

① 先週・忙しい　　　　→ _____

② 旅行・楽しい　　　　→ _____

③ 去年の冬・寒くない → _____

④ 公園の人・多くない → _____

2. 例

マイケルさんは元気でしたか。

→ はい、元気でした。

→ いいえ、元気ではありませんでした。／元気ではなかったです。
元気じゃありませんでした。／元気じゃなかったです。

① 期末試験は簡単でしたか。

→ はい、_____

→ いいえ、_____

② 海はきれいでしたか。

→ はい、_____

→ いいえ、_____

3. 例

台湾・四国・大きい「台湾」

→ 台湾と四国とどちらが大きいですか。

→ 台湾の方が大きいです。

① 日本料理・台湾料理・好き「日本料理」

→ _____

→ _____

② 国語・数学・苦手「数学」

→ _____

→ _____

4. 例

スポーツ・テニス・得意

→ スポーツの中で何が一番得意ですか。

→ テニスが一番得意です。

① クラス・陳さん・背が高い

→ _____

→ _____

② 科目・数学・苦手

→ _____

→ _____

▶ MP3-39

① （キャンパスで）

王：旅行はどうでしたか。

劉：とても楽しかったです。

王：暑かったですか。

劉：いいえ、暑くなかったです。涼しかったです。

王：よかったですね。

② （学校の食堂で）

陳：夏休みにハワイへ行きました。

劉：ハワイはどうでしたか。

陳：海が青くてきれいでしたよ。

劉：食べ物はどうでしたか。

陳：美味しかったです。

劉：何が美味しかったですか。

陳：パイナップルが安くて美味しかったです。
　　魚も新鮮で美味しかったです。

❸ （教室で）

王：中間テストと期末試験とどちらが難しかったですか。

劉：期末試験の方が難しかったです。

陳：そうですね。中間テストは期末試験ほど難しくなかったですね。

王：そうですか。期末試験は大変でしたね。

---

❹ （寮で）

劉：部活の中で何が一番好きですか。

陳：太極拳が一番好きです。劉さんは？

劉：私は登山が一番好きです。夏休みに玉山に登りました。

陳：わあ、すごいですね。山登りはどうでしたか。

劉：疲れましたが、楽しかったです。

陳：天気はどうでしたか。

劉：天気はよかったです。景色もきれいでした。

1	1	趣味 しゅみ	名詞	喜好、愛好
2	0	運動 うんどう	名詞	運動
3	3	山登り やまのぼ	名詞	登山、爬山
4	1	空 そら	名詞	天空
5	1	まだ	名詞	還
6	1	天気 てんき	名詞	天氣
7	0	気温 きおん	名詞	氣溫
8	1	ルート	名詞	路線
9	0	山頂 さんちょう	名詞	山頂
10	0	日の出 ひ で	名詞	日出
11	1	景色 けしき	名詞	景色
12	2	おでん	名詞	關東煮
13	0	お祭り まつ	名詞	祭典
14	3	食べ物 た もの	名詞	食物
15	3	パイナップル	名詞	鳳梨
16	3	夏休み なつやす	名詞	暑假
17	1	ハワイ	名詞	夏威夷
18	0	科目 かもく	名詞	科目
19	5	中間テスト ちゅうかん	名詞	期中考
20	4	期末試験 きまつしけん	名詞	期末考
21	1	登山 とざん	名詞	登山

22	1	音楽 (おんがく)	名詞	音樂
23	0	映画 (えいが)	名詞	電影
24	0	国語 (こくご)	名詞	國語
25	0	英語 (えいご)	名詞	英語
26	0	数学 (すうがく)	名詞	數學
27	2	スポーツ	名詞	運動
28	1	背 (せ)	名詞	背
29	1	キャンパス	名詞	校園
30	0	魚 (さかな)	名詞	魚
31	1	みかん	名詞	橘子
32	0	りんご	名詞	蘋果
33	1	クラス	名詞	班級
34	1	レストラン	名詞	餐廳
35	0	都合 (つごう)	名詞	方便（與否）
36	2	高い (たかい)	い形容詞	高（的）
37	3	小さい (ちいさい)	い形容詞	小（的）
38	0	暗い (くらい)	い形容詞	暗（的）
39	4	温かい (あたたかい)	い形容詞	溫熱（的）
40	3	楽しい (たのしい)	い形容詞	開心（的）、快樂（的）
41	1	多い (おおい)	い形容詞	多（的）
42	2	すごい	い形容詞	厲害（的）、很棒（的）

43	2	青い <ruby>あお</ruby>	い形容詞	藍色（的）
44	3	涼しい <ruby>すず</ruby>	い形容詞	涼快（的）
45	4	難しい <ruby>むずか</ruby>	い形容詞	困難（的）
46	2	得意 <ruby>とく い</ruby>	な形容詞	得意（的）、擅長（的）
47	2	下手 <ruby>へ た</ruby>	な形容詞	不擅長（的）
48	0	新鮮 <ruby>しん せん</ruby>	な形容詞	新鮮（的）
49	0	苦手 <ruby>にが て</ruby>	な形容詞	不擅長（的）
50	0	大変 <ruby>たい へん</ruby>	な形容詞	辛苦（的）、糟糕（的）
51	0	暇 <ruby>ひま</ruby>	な形容詞	有空（的）
52	4	目指します <ruby>め ざ</ruby>	動詞（第Ⅰ類）	以……為目標
53	4	疲れます <ruby>つか</ruby>	動詞（第Ⅱ類）	累
54	4	登ります <ruby>のぼ</ruby>	動詞（第Ⅰ類）	登山、爬山
55	4	かかります	動詞（第Ⅰ類）	花費

■ 問題

1. 請將下列「い形容詞」、「な形容詞」改成過去式的肯定形和否定形。

い形容詞	肯定形	否定形
寒_{さむ}い	寒_{さむ}かったです	寒_{さむ}くなかったです／ 寒_{さむ}くありませんでした
暑_{あつ}い		
忙_{いそが}しい		
美味_{おい}しい		
重_{おも}い		
いい		
安_{やす}い		
小_{ちい}さい		
大_{おお}きい		
面白_{おもしろ}い		
新_{あたら}しい		
古_{ふる}い		
甘_{あま}い		
辛_{から}い		

な形容詞	肯定形	否定形
静^{しず}か	静^{しず}かでした	静^{しず}かではありませんでした／ 静^{しず}かではなかったです
にぎやか		
元気^{げんき}		
きれい		
得意^{とくい}		
下手^{へた}		
丈夫^{じょうぶ}		
簡単^{かんたん}		
便利^{べんり}		
親切^{しんせつ}		
有名^{ゆうめい}		
好^すき		
嫌^{きら}い		
ハンサム		

2. 問答。

❶ ひらがなとカタカナとどちらが難しかったですか。

→ _____

❷ 家族の中で誰が一番料理が上手ですか。

→ _____

❸ 日本ではどこが一番好きですか。

→ _____

3. 選択題。

（　）❶ A：このりんごとこのみかんとどちらが甘いですか。

　　　　 B：どちらも甘いですが、りんごはみかんほど甘くないですよ。

　　　　　　 (a) りんごよりみかんのほうが甘いです。

　　　　　　 (b) みかんよりりんごのほうが甘いです。

（　）❷ A：土曜日と日曜日とどちらが都合がいいですか。

　　　　 B：どちらでもいいですが、日曜日は土曜日ほど暇ではありません。

　　　　　　 (a) 日曜日のほうが都合がいいです。

　　　　　　 (b) 土曜日のほうが都合がいいです。

（　）❸ A：日本語と英語とどちらが上手ですか。

　　　　 B：そうですね。日本語は英語ほど上手ではありません。

　　　　　　 (a) 英語のほうが上手です。

　　　　　　 (b) 日本語のほうが上手です。

4. 請將中文翻譯成日文。

❶ 去年的冬天不冷。　　→ _____

❷ 上禮拜很忙。　　　　→ _____

❸ 昨天的考試很簡單。　→ _____

❹ 那家餐廳便宜又好吃（用「過去式」）。

→ _____

5. 試著寫一篇有關「<ruby>夏休み<rt>なつやす</rt></ruby>」的短文。

<ruby>夏休み<rt>なつやす</rt></ruby>

_____

_____

_____

_____

_____

_____

_____

_____

第六課
誕生日のプレゼント

學習重點

1.「～あげます」：「給予」的說法。

2.「～くれます」：「別人給予」的說法。

3.「～もらいます」：「得到」的說法。

4.「～。そして～」：使用接續詞連結兩個句子的說法。

▶ MP3-41

誕生日のプレゼント

　今週の土曜日は私の誕生日です。先週、母は誕生日ケーキを注文しました。誕生日ケーキは大好きなショートケーキです。嬉しいです。今朝、兄に誕生日のプレゼントをもらいました。父も母もプレゼントをくれました。誕生日の日に、友達と昼ご飯を食べます。そして、映画を見ます。夜、家族と一緒に家で祝います。楽しみです。

文型

▶ MP3-42

❶ 私は弟に日本語の本をあげます。

❷ 家族は私に辞書をくれます。

❸ 私は友達に／から日本語の本をもらいました。

❹ 私は大学で友達に会います。そして、食事します。

■ 例文

① **A** このかばん、素敵ですね。

B 友達にもらいました。誕生日のプレゼントです。

② **A** 新しいタブレットを買いましたか。

B いいえ、父がくれました。

③ **A** 明日、働きますか。

B いいえ、家で日本語を勉強します。そして、買い物します。

④ **A** これ、あげます。

B 本当ですか。ありがとうございます。

⑤ **A** 姉がこのスマホをくれました。

B そうですか。いいですね。

⑥ **A** 花子さんは武さんにチョコレートをあげますか。

B いいえ、一郎さんにあげます。

⑦ **A** 友達にコーヒーをもらいましたか。

B ええ、美味しかったです。

⑧ **A** 先週、大学から奨学金をもらいました。

B そうですか。素晴らしいですね。

■ 練習

1. 例

私／スマホ／弟
→ 私は弟にスマホをあげます。

① 鈴木さん／カメラ／山田さん → _____

② 私／かばん／大熊さん　　　 → _____

③ 田中さん／ノート／佐藤さん → _____

2. 例

この靴、素敵です／友達にもらいました
→ この素敵な靴は友達にもらいました。

① この時計、古いです／父にもらいました

→ _____

② そのノート、かわいいです／兄にもらいました

→ _____

③ あの辞書、便利です／友達にもらいました

→ _____

④ あの靴、素敵です／姉にもらいました

→ _____

3. 例

山田さん／辞書／妹
→ 山田さんは妹に辞書をくれました。

① 田中さん／ノート／私→ _____

② 鈴木さん／本／姉 → _____

③ 友達／辞書／妹 → _____

④ 父／スマホ／私 → _____

4. 例

私は友達に辞書を（あげました・ もらいました ・くれました）。

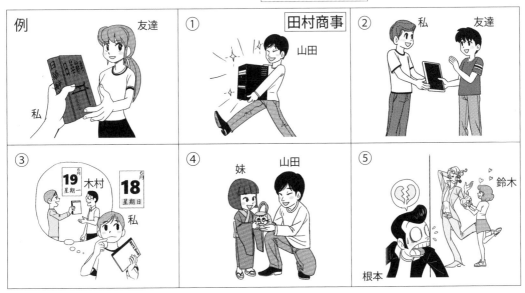

① 山田さんは会社から新しいパソコンを（あげました・もらいました・

くれました）。

② 友達は私にこの古いタブレットを（あげました・もらいました・くれました）。

③ 私は明日、木村さんにこのノートを（あげます・もらいます・くれます）。

④ 山田さんは昨日、妹にこのかわいいかばんを（あげました・もらいました・くれました）。

⑤ 鈴木さんは根本さんにチョコレートを（あげませんでした・もらいませんでした・くれませんでした）。

5. 例

日本語を勉強します／休みます
→ 私は日本語を勉強します。そして、休みます。

① 友達と映画を見ました／食事しました

→ _____

② 朝ご飯を食べます／買い物します

→ _____

③ 辞書を買いました／弟にあげました

→ _____

④ ケーキを注文します／友達に会います

→ _____

▶ MP3-44

① A：おはようございます。

　 B：おはようございます。

　 A：あっ、そのシャツ、<ruby>素敵<rt>す てき</rt></ruby>ですね。

　 B：ええ、これは<ruby>大好<rt>だい す</rt></ruby>きなシャツです。

　 A：どちらで<ruby>買<rt>か</rt></ruby>いましたか。

　 B：<ruby>友達<rt>ともだち</rt></ruby>にもらいました。

　 A：そうですか。いい<ruby>友達<rt>ともだち</rt></ruby>ですね。

② A：いらっしゃいませ。

　 B：この<ruby>帽子<rt>ぼう し</rt></ruby>は<ruby>格好<rt>かっこう</rt></ruby>いいですね。

　 C：そうですね。<ruby>好<rt>す</rt></ruby>きですか。

　 B：ええ、<ruby>好<rt>す</rt></ruby>きですが、<ruby>高<rt>たか</rt></ruby>いです。

　 C：そうですか。
　　　<ruby>店員<rt>てんいん</rt></ruby>さん、この<ruby>帽子<rt>ぼう し</rt></ruby>をください。

　 A：はい、かしこまりました。

　 C：この<ruby>帽子<rt>ぼう し</rt></ruby>をあげます。
　　　<ruby>明日<rt>あした</rt></ruby>はお<ruby>誕生日<rt>たんじょう び</rt></ruby>ですね。プレゼントです。

　 B：あっ、どうもすみません。

❸ A：お久しぶりですね。お元気ですか。

B：ええ、元気ですよ。

　　あっ、かわいい靴ですね。

A：ええ、姉がくれました。

　　佐藤さんのかばんもかわいいですね。

B：母がくれました。そして、このスマホもくれました。

A：そうですか。私たちは幸せですね。

▶ MP3-45

1	3	誕生日　たんじょうび	名詞	生日
2	2	プレゼント	名詞	禮物
3	4	ショートケーキ	名詞	草莓蛋糕
4	3	コーヒー	名詞	咖啡
5	3	チョコレート	名詞	巧克力
6	0	家　うち	名詞	家
7	1	父　ちち	名詞	我父親
8	1	兄　あに	名詞	我哥哥
9	0	姉　あね	名詞	我姊姊
10	4	妹　いもうと	名詞	我妹妹
11	3	楽しみ　たの	名詞	期待
12	1	タブレット	名詞	平板電腦
13	0	スマホ	名詞	智慧型手機
14	1	シャツ	名詞	襯衫
15	0	帽子　ぼうし	名詞	帽子
16	2	靴　くつ	名詞	鞋子
17	1	セーター	名詞	毛衣
18	0	奨学金　しょうがくきん	名詞	獎學金
19	1	辞書　じしょ	名詞	字典
20	0	新聞　しんぶん	名詞	報紙
21	1	ノート	名詞	筆記本

第六課

22	0	かいしゃ 会社	名詞	公司
23	1	よる 夜	名詞	夜晚
24	0	こんしゅう 今週	名詞	這禮拜
25	3	うれ 嬉しい	い形容詞	高興（的）、快樂（的）
26	4	す ば 素晴らしい	い形容詞	棒（的）、傑出（的）
27	5	かっ こう 格好いい	い形容詞	帥氣（的）
28	0	しあわ 幸せ	な形容詞	幸福（的）
29	4	もらいます	動詞 （第Ⅰ類）	得到
30	4	いわ 祝います	動詞 （第Ⅰ類）	慶祝
31	3	あ 会います	動詞 （第Ⅰ類）	見面
32	3	か 買います	動詞 （第Ⅰ類）	買
33	5	はたら 働きます	動詞 （第Ⅰ類）	工作
34	3	あげます	動詞 （第Ⅱ類）	給予
35	3	くれます	動詞 （第Ⅱ類）	別人給予（多用於表達感謝之意）
36	2	み 見ます	動詞 （第Ⅱ類）	看、欣賞
37	6	ちゅうもん 注文します	動詞 （第Ⅲ類）	訂購
38	5	しょく じ 食事します	動詞 （第Ⅲ類）	吃飯
39	6	か もの 買い物します	動詞 （第Ⅲ類）	購物
40	3	ください	敬語動詞	請給我

41	0	一緒<ruby>に<rt>いっしょ</rt></ruby>	副詞	一起
42	0	そして	接続詞	然後、並且
43	2	あなた	代名詞	你
44		お<ruby>久<rt>ひさ</rt></ruby>しぶりです。		好久不見
45		お<ruby>元気<rt>げんき</rt></ruby>ですか。		您好嗎
46		いらっしゃいませ。		歡迎光臨
47		かしこまりました。		謹遵吩咐

第六課

1. 助詞填空。

❶ 私はこの英語（　　）本（　　）あなた（　　）あげます。

❷ 昨日、父は私（　　）パソコン（　　）くれました。

❸ 妹は兄（　　）タブレット（　　）もらいました。

❹ 山田さんは大学（　　）辞書（　　）もらいました。

❺ 田中さんは山田さん（　　）プレゼント（　　）あげませんでした。

❻ 私は大学（　　）食事しました。

2. 問答。

❶ 昨日、友達に何をあげましたか。

→ _____

❷ 誕生日に友達に何をもらいましたか。

→ _____

❸ 誕生日に家族は何をくれましたか。

→ _____

❹ 誕生日に何をしますか。

→ _____

3. 重組。

❶ 私に／あの／帽子を／山田さんは／くれました

→ _____

❷ スマホを／私は／その／弟に／あげました

→ _____

❸ もらいませんでした／友達は／辞書を／先生に

→ _____

❹ 日本語の／妹は／もらいました／学校から／本を

→ _____

❺ くれました／セーターを／私に／そして／くれました／帽子も／母は

→ _____

4. 請將中文翻譯成日文。

❶ 我給了朋友書。

→ _____

❷ 爸爸給了我電腦。

→ _____

❸ 我從朋友那裡拿到報紙。

→ _____

❹ 我給了弟弟手機。然後，給了妹妹毛衣。

→ _____

❺ 妹妹從大學那裡得到字典。

→ _____

第七課

ピクニック

學習重點

1.「〔動詞〕に～行きます／来ます」：表示「移動目的」的句型。
2.「１日に１回～します」：說明某動作的頻率。
3.「～から、～」／「～から。」：說明原因、理由。
4.「～いくつ～」：量詞及助數詞的使用方法。

▶ MP3-46

ピクニック

　最近、天気がよくて涼しいです。週末、友達とピクニックをしに行きます。私は得意なサンドイッチとサラダを作ります。友達は飲み物と美味しい果物を用意します。これから、サンドイッチとサラダの材料を買いにスーパーへ行きます。そして、最近、2キロぐらい太りましたから、来週から、1週間に3回、スポーツセンターへ筋トレをしに行きます。

■ 文型 ぶんけい

▶ MP3-47

❶ 私はデパートへ靴を買いに行きます。

❷ 私は1か月に1回、ケーキを作ります。

❸ 最近、3キロぐらい太りましたから、明日から、朝、ジョギングします。

❹ 今朝、りんごをいくつ買いましたか。

▶ MP3-48

① **A** 今朝、買い物しましたか。

B ええ、冷蔵庫に何もありませんでしたから、スーパーへ食料品を買いに行きました。

② **A** スーパーで何を買いましたか。

B りんごを 3 つと、桃を 2 つ買いました。ビールも 2 本、買いました。

③ **A** 何人家族ですか。

B 4 人です。両親と弟が 1 人です。

④ **A** 最近、ちょっと痩せましたね。

B ええ、食欲がありませんでしたから、3 キロぐらい痩せました。

⑤ **A** いつも元気ですね。

B 1 日に 5 キロ、ジョギングしますから。

⑥ **A** すみません、この腕時計はいくらですか。

B 8,000 円です。

⑦ **A** 1 週間に何時間、アルバイトしますか。

B 週に 10 時間、アルバイトします。

⑧ **A** よく家族とレストランへ食事しに行きますか。

B いいえ、半年に 1 回ぐらいです。だいたい家で食事します。

第七課

1. 例

山田さん／スーパー／食料品／買います
→ 山田さんはスーパーへ食料品を買いに行きました。

① 大熊さん／喫茶店／コーヒー／飲みます

→ _____

② 鈴木さん／図書館／日本語／勉強します

→ _____

③ 田中さん／コンビニ／ビール／買います

→ _____

2. 例

私／１日／１回／ジョギングします
→ 私は１日に１回、ジョギングします。

① 私／１日／３回／食事します

→ _____

② 大熊さん／半月／１回／買い物します

→ _____

③ 山田さん／１年／２回／国へ帰ります

→ _____

3. 例

山田さん／１日／勉強します
→ 山田さんは１日に３時間、勉強します。

例

①  ②  ③

① 田中さん／１日／ジョギングします

→ _____

② 根本さん／１日／コーヒーを飲みます

→ _____

③ 山田さん／１年／休みます

→ _____

4. 例

桃はいくらですか。
→ 桃は 2,3 00 円です。

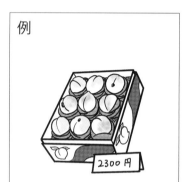

2300 円

① 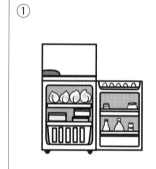 ②  ③

① 冷蔵庫に桃がいくつありますか。

→ _____

② 山田さんはビールを何本買いましたか。

→ _____

③ 鈴木さんはコーヒーを何杯飲みましたか。

→ _____

5. 例

最近忙しいです／２キロ痩せました
→ 最近忙しいですから、２キロ痩せました。

① 映画が好きです／よく見に行きます

→ _____

② 今日はアルバイトしました／疲れました

→ _____

③ 私はまだ学生です／毎晩勉強します

→ _____

■ 会話

❶ 鈴木：たくさん買いましたね。

　　山田：ええ、土曜日に友達と公園へピクニックをしに行きますから。

　　鈴木：そうですか。じゃ、何を作りますか。

　　山田：そうですね。ケーキとサラダを作ります。

　　鈴木：すごいですね。

　　山田：鈴木さん、土曜日、暇ですか。一緒にピクニックはどうですか。

　　鈴木：ええ、是非。

❷ 山田：あの、天ぷら定食を 2 つください。

　　店員：天ぷら定食、お 2 つですね。かしこまりました。

　　鈴木：ピクニック、楽しかったですね。

　　山田：そうですね。楽しかったですね。

　　鈴木：山田さん、よくピクニックをします
　　　　　か。

　　山田：そうですね。だいたい 1 か月に 1
　　　　　回です。今度、また一緒にどうです
　　　　　か。

　　鈴木：本当ですか。嬉しいです。

❸ 田中：根本さん、お出かけですか。

根本：ちょっとコンビニまで。

田中：まだ帰りませんか。

根本：今晩は残業します。だから、コンビニまで買い物しに行きます。

田中：最近、よく残業しますね。

根本：ええ、1週間に6時間ぐらいです。

田中：大変ですね。

根本：本当に疲れます。

田中：そうですね。じゃ、お先に。

根本　　　　田中

1	1	ピクニック	名詞	野餐
2	0	最近 さいきん	名詞	最近
3	1	今度 こん ど	名詞	這次、下次
4	0	週末 しゅうまつ	名詞	週末
5	1	今晩 こんばん	名詞	今天晚上
6	0	半年 はんとし	名詞	半年
7	0	半月 はんつき	名詞	半個月
8	0	来週 らいしゅう	名詞	下禮拜
9	4	サンドイッチ	名詞	三明治
10	1	サラダ	名詞	沙拉
11	0	桃 もも	名詞	水蜜桃
12	1	バナナ	名詞	香蕉
13	5	天ぷら定食 てん　　ていしょく	名詞	天婦羅定食
14	1	ビール	名詞	啤酒
15	3	飲み物 の　もの	名詞	飲料
16	0	食料品 しょくりょうひん	名詞	食材
17	3	材料 ざいりょう	名詞	材料
18	0	筋トレ きん	名詞	健身
19	5	スポーツセンター	名詞	運動中心
20	1	スーパー	名詞	超市
21	0	喫茶店 きっ さ てん	名詞	咖啡廳

22	2	デパート	名詞	百貨公司
23	0	アメリカ	名詞	美國
24	1	両親 りょうしん	名詞	父母
25	0	食欲 しょくよく	名詞	食欲
26	3	腕時計 うでどけい	名詞	手錶
27	1	いくら	名詞	多少錢
28	1	いくつ	名詞	多少個、幾歲
29	2	1人 ひとり	名詞・ 助数詞	1 個人
30	2	1つ ひと	名詞・ 助数詞	1 個、1 份
31	2	遅い おそ	い形容詞	慢（的）、時間晚（的）
32	0	たくさん	な形容詞・ 名詞	許多（的）
33	4	作ります つく	動詞 （第Ⅰ類）	製作
34	4	太ります ふと	動詞 （第Ⅰ類）	發胖
35	3	痩せます や	動詞 （第Ⅱ類）	消瘦
36	1	用意します ようい	動詞 （第Ⅲ類）	準備
37	6	ジョギングします	動詞 （第Ⅲ類）	慢跑
38	6	残業します ざんぎょう	動詞 （第Ⅲ類）	加班
39	1	是非 ぜひ	副詞	務必、一定
40	1	よく	副詞	經常

第七課

41	0	だいたい	副詞	大多
42	1	どうして	副詞	為什麼
43	0	また	副詞	再次
44	1	ぐらい	副助詞	大約、左右
45		～週間	助数詞	～週
46		～か月	助数詞	～個月
47		～本・本・本	助数詞	～根、瓶（細長物品）
48		～杯・杯・杯	助数詞	～杯、碗
49		～キロ	助数詞	～公斤、公里
50		～時間	助数詞	～小時
51		～円	助数詞	～日本元
52		～回	助数詞	～次
53	1	だから	接続詞	因此、所以
54		どうですか。		如何呢
55		お出かけですか。		您要外出嗎
56		お先に。		我先離開

1. 助詞填空。

① 私はこれから、デパート（　　）買い物し（　　）行きます。

② 佐藤さんは 1 か月（　　）2 回、レストラン（　　）ご飯（　　）食べ（　　）行きます。

③ 日曜日の夜、友達（　　）会いました（　　）、遅く帰りました。

④ マイケルさんはアメリカ（　　）来ました。

2. 問答。

① この新しいパソコンはいくらですか。

→ _____

② どうして図書館へ行きますか。

→ _____

③ 今、教室に何人いますか。

→ _____

④ これから、どこへ行きますか。

→ _____

3. 重組。

❶ へ／勉強しに／行きます／大学／は／英語／を／私／午後

→ _____

❷ 友達に／会います／私は／１回／１か月に

→ _____

❸ ５本と／りんご／ください／を／バナナ／４つ／を

→ _____

❹ 美味しかったです／食べました／寿司が／たくさん／から

→ _____

4. 請將中文翻譯成日文。

❶ 山田小姐因為工作很忙，所以瘦了。

→ _____

❷ 我一週去運動中心健身兩次。

→ _____

❸ 佐藤先生一天讀八小時英文。

→ _____

❹ 我一週去超市買食材一次。

→ _____

❺ 這雙鞋子一千日圓。

→ _____

第八課

<ruby>日曜日<rt>にちようび</rt></ruby>の<ruby>日記<rt>にっき</rt></ruby>

學習重點

1.「<ruby>動詞辞書形<rt>どうし じ しょけい</rt></ruby>」：動詞原形的用法。

2.「<ruby>動詞た形<rt>どうし けい</rt></ruby>」：動詞過去式的用法。

3.「<ruby>動詞ない形<rt>どうし けい</rt></ruby>」：動詞否定形式的用法。

4.「<ruby>動詞たい形<rt>どうし けい</rt></ruby>」：表示欲求的動詞形式的用法。

5.「～が、～」：表示逆接的接續詞的用法。

日曜日の日記

7月7日（日）晴れ

　今日は、動物園に行った。入り口の前に猿山があった。猿の親子が、とてもにぎやかだった。左の建物に黒熊が二匹いた。右の建物は、海の生き物だった。魚はいたが、ペンギンはいなかった。

　お昼ご飯を食べてから、パンダ館に行った。動物の中で、パンダが一番好きだ。お土産に、パンダのぬいぐるみと黒熊クッキーを買った。長い時間歩いたが、全然疲れなかった。とても楽しい一日だった。また行きたい。

■ 文型

▶ MP3-52

❶ 朝、8時に起きた。

❷ 昨日、5時間勉強した。

❸ 今日は、アルバイトに行かない。

❹ ゆうべは、何も食べなかった。

❺ ジュースを買ったが、飲まなかった。

❻ 海外旅行に行きたい。

■ 例文

① 今日、学校の図書館でレポートを書いた。

② 昨日、友達に会ってたくさん喋った。

③ 放課後は、アルバイトに行ってとても疲れた。

④ 土曜日は、宿題をしてからゲームをした。

⑤ 日曜日は、デパートに行ったが、何も買わなかった。

⑥ 夏休みは、アルバイトはしたが、勉強はしなかった。

⑦ Ⓐ 映画は、どうだった？

　　Ⓑ 最初は面白かったが、最後はつまらなかった。

⑧ Ⓐ 検査はどうだった？

　　Ⓑ どこも悪いところはなかった。

⑨ 日本のラーメンが食べたい。

⑩ 冬休みは、実家に帰りたい。

第八課

1. 例

お茶・飲む → お茶を飲んだ。

① 家・漫画・読む　　　　　　　→ _____

② 図書館・勉強する　　　　　　→ _____

③ 家族・デパート・行く　　　　→ _____

④ 友達・映画・見る　　　　　　→ _____

⑤ 一人・ラーメン・食べる　　　→ _____

⑥ 家族・レストラン・食事する →　_____

⑦ 友達・プレゼント・あげる　　→ _____

2. 例

昨日・勉強する → 昨日は、勉強しなかった。

① 今日・学校・行く　　　　　　→ _____

② 昨日・雨・降る　　　　　　　→ _____

③ 今年・風邪・ひく　　　　　　→ _____

④ 去年・試験・受かる　　　　　→ _____

⑤ 日曜日・勉強する　　　　　　→ _____

⑥ 去年とおととし・旅行・行く →　_____

⑦ 三年間・台風・来る　　　　　→ _____

3. 例

例1：パンダ・いた・白熊・いない → パンダはいたが、白熊はいなかった。

例2：海・行く・泳がない → 海に行ったが、泳がなかった。

① 日本語の歌・歌う・英語の歌・歌わない

→ _____

② ラーメン・食べる・チャーハンとショーロンポー・食べない

→ _____

③ 飛行機の予約・する・ホテルの予約・しない

→ _____

④ 旅行・行く・お土産・買わない

→ _____

⑤ 新しいかばん・買う・使わない

→ _____

⑥ コンビニ・行く・財布・忘れる

→ _____

4. 請完成下列表格。

	動詞・辞書形	た形	ない形	ない形過去形
例	0 あげる	あげた	あげない	あげなかった
①	1 会(あ)う　（第Ⅰ類）			
②	0 行(い)く　（第Ⅰ類）			
③	1 持(も)つ　（第Ⅰ類）			
④	0 買(か)う　（第Ⅰ類）			
⑤	1 飲(の)む　（第Ⅰ類）			
⑥	0 遊(あそ)ぶ　（第Ⅰ類）			
⑦	0 乗(の)る　（第Ⅰ類）			
⑧	1 切(き)る　（第Ⅰ類）			
⑨	0 着(き)る　（第Ⅱ類）			
⑩	1 見(み)る　（第Ⅱ類）			
⑪	2 食(た)べる（第Ⅱ類）			
⑫	1 来(く)る　（第Ⅲ類）			
⑬	0 する　（第Ⅲ類）			

■ 会話

A：旅行は、どうだった？

B：とても楽しかった。
　　初めて東京タワーを見た。
　　本当にきれいだった。

A：ご飯は、何を食べた？

B：お寿司とラーメンを食べた。

A：お土産は、何を買った？

B：お菓子をたくさん買った。

A：写真を撮った？

B：うん。写真と動画をたくさん撮った。

第八課

115

1	0	日記 (にっき)	名詞	日記
2	4	動物園 (どうぶつえん)	名詞	動物園
3	0	入り口 (いりぐち)	名詞	入口
4	0	猿山 (さるやま)	名詞	獼猴區
5	1	猿 (さる)	名詞	猴子
6	1	親子 (おやこ)	名詞	父母跟孩子
7	0	左 (ひだり)	名詞	左邊
8	3	建物 (たてもの)	名詞	建築物
9	0	黒熊 (くろくま)	名詞	黑熊
10	0	右 (みぎ)	名詞	右邊
11	3	生き物 (いきもの)	名詞	生物
12	0	ペンギン	名詞	企鵝
13	3	パンダ館 (かん)	名詞	熊貓展覽館
14	0	動物 (どうぶつ)	名詞	動物
15	1	パンダ	名詞	熊貓
16	0	お土産 (みやげ)	名詞	土產、伴手禮
17	0	ぬいぐるみ	名詞	布娃娃
18	1	クッキー	名詞	餅乾
19	0	時間 (じかん)	名詞	時間
20	5	海外旅行 (かいがいりょこう)	名詞	海外旅行
21	2	レポート	名詞	報告

22	0	放課後 （ほうかご）	名詞	下課後
23	1	ゲーム	名詞	遊戯
24	0	最初 （さいしょ）	名詞	最初
25	1	最後 （さいご）	名詞	最後
26	1	検査 （けんさ）	名詞	檢查
27	1	ラーメン	名詞	拉麵
28	3	冬休み （ふゆやすみ）	名詞	寒假
29	0	実家 （じっか）	名詞	老家
30	0	漫画 （まんが）	名詞	漫畫
31	1	雨 （あめ）	名詞	雨
32	0	風邪 （かぜ）	名詞	感冒
33	2	おととし	名詞	前年
34	0	旅行 （りょこう）	名詞	旅行
35	3	台風 （たいふう）	名詞	颱風
36	0	白熊 （しろくま）	名詞	白熊
37	2	歌 （うた）	名詞	歌
38	1	チャーハン	名詞	炒飯
39	3	ショーロンポー	名詞	小籠包
40	2	飛行機 （ひこうき）	名詞	飛機
41	1	ホテル	名詞	飯店
42	0	予約 （よやく）	名詞	訂位、預約

43	0	財布（さいふ）	名詞	錢包
44	5	東京（とうきょう）タワー	名詞	東京鐵塔
45	0	動画（どうが）	名詞	影片
46	0	和食（わしょく）	名詞	日本料理
47	2	長（なが）い	い形容詞	長（的）
48	3	つまらない	い形容詞	無聊（的）、無趣（的）
49	2	悪（わる）い	い形容詞	壞（的）、不好（的）
50	2	歩（ある）く	動詞（第I類）	走路
51	2	喋（しゃべ）る	動詞（第I類）	聊天
52	1	降（ふ）る	動詞（第I類）	下（雨）
53	0	ひく	動詞（第I類）	得（感冒）
54	2	受（う）かる	動詞（第I類）	考上
55	2	泳（およ）ぐ	動詞（第I類）	游泳
56	0	歌（うた）う	動詞（第I類）	唱歌
57	0	使（つか）う	動詞（第I類）	使用
58	1	持（も）つ	動詞（第I類）	拿
59	0	遊（あそ）ぶ	動詞（第I類）	玩
60	1	切（き）る	動詞（第I類）	切

61	1	撮る <small>と</small>	動詞 （第Ⅰ類）	拍攝
62	0	忘れる <small>わす</small>	動詞 （第Ⅱ類）	忘記
63	0	着る <small>き</small>	動詞 （第Ⅱ類）	穿
64	0	全然 <small>ぜんぜん</small>	副詞	完全～不
65	0	何も <small>なに</small>	副詞	什麼都不
66	2	初めて <small>はじ</small>	副詞	初次
67		～匹・匹・匹 <small>ひき・びき・びき</small>	助数詞	～隻
68		～年間 <small>ねんかん</small>	助数詞	～年間

1. 請用「たい形」完成下列句子。

❶ ビールが_____

❷ 面白い映画が_____

❸ 新しいパソコンが_____

❹ 飛行機に_____

❺ 友達に_____

2. 請將中文翻譯成日文。

❶ 早上起來，吃了早餐，然後去社團活動。很累。

→_____

❷ 早上去了便利商店，買了蛋糕跟咖啡，蛋糕很貴。

→_____

❸ 中午去了日式餐廳，吃了壽司跟天婦羅定食。很好吃。

→_____

❹ 下午跟朋友一起去看電影，然後一起吃了日本拉麵。

→_____

❺ 星期天跟日本朋友一起去了故宮博物院。很有趣。

→_____

第九課

あめ　ひ
雨の日

學習重點

1.「～ています」：動作的進行、狀態的持續、最近的習慣等句型。

2.「～て～」：動作的接續。

3.「～てから～」：「做了～之後」的句型。

4.「～で～」：「動作的方法、工具及狀態」的格助詞「で」的使用方法。

▶ MP3-56

雨の日

　去年から、私は家族と台北に住んでいます。台北の冬は、よく雨が降ります。今も激しい雨が降っていますから、外出をやめました。雨の日に、私はよくケーキを焼きます。ケーキを焼いて、コーヒーを飲んで、母と午後のひと時を楽しみます。雨の夜に、母はいつも料理します。私は最近、よく料理と家事を手伝っています。食事が済んで、少し休んで、お風呂に入ります。お風呂に入ってから、宿題をします。それから、11時半ぐらいに寝ます。

文型

▶ MP3-57

① 雨が降っています。

② 私は台北に住んでいます。

③ 最近、電車で通学しています。

④ 朝、起きて、顔を洗って、歯を磨きます。

⑤ 勉強してから、テレビを見ます。

⑥ 私はよく自分で料理をします。

■ 例文

① **A** 今、どこですか。

B デパートで買い物しています。

② **A** 山田さんの E メールアドレスを知っていますか。

B いいえ、知りません。

③ **A** 私は最近、家へ帰って、手を洗って、うがいをしています。

B いい習慣ですね。

④ **A** どうやって大学へ行きますか。

B MRT で台北駅へ行って、台北駅で 10 番のバスに乗り換えて、大学前で降ります。

⑤ **A** シャワーを浴びてから、よく何をしますか。

B だいたい 1 時間ぐらいスマホをいじって、それから、寝ます。

⑥ **A** 山田さんは最近、真面目ですね。

B そうですね。今も勉強しています。

⑦ **A** 涼しいね。

B ええ、エアコンをつけているから。

⑧ **A** お母さん、これから、友達と公園へ遊びに行く。

B だめ。宿題してからね。

1. 例

家族／テレビを見る
→ 私は今、家族とテレビを見ています。

① クラスメート／日本語を勉強する

→ _____

② 山田さん／料理を作る

→ _____

③ メリーさん／ケーキを焼く

→ _____

2. 例

田中さん／４月／東京／住みます
→ 田中さんは４月から東京に住んでいます。

① 私／午後／エアコン／つけます

→ _____

② 佐藤さん／今朝／外出します

→ _____

③ 鈴木さん／先月／大学の寮／入ります

→ _____

3. 例

<ruby>私<rt>わたし</rt></ruby>／<ruby>歯<rt>は</rt></ruby>を<ruby>磨<rt>みが</rt></ruby>きます／<ruby>顔<rt>かお</rt></ruby>を<ruby>洗<rt>あら</rt></ruby>います／<ruby>起<rt>お</rt></ruby>きます

→ <ruby>私<rt>わたし</rt></ruby>は<ruby>起<rt>お</rt></ruby>きて、<ruby>顔<rt>かお</rt></ruby>を<ruby>洗<rt>あら</rt></ruby>って、<ruby>歯<rt>は</rt></ruby>を<ruby>磨<rt>みが</rt></ruby>きます。

① <ruby>私<rt>わたし</rt></ruby>／<ruby>手<rt>て</rt></ruby>を<ruby>洗<rt>あら</rt></ruby>います／<ruby>家<rt>うち</rt></ruby>へ<ruby>帰<rt>かえ</rt></ruby>ります／<ruby>食事<rt>しょくじ</rt></ruby>します

→ _____

② <ruby>佐藤<rt>さとう</rt></ruby>さん／<ruby>買<rt>か</rt></ruby>い<ruby>物<rt>もの</rt></ruby>します／スーパーへ<ruby>行<rt>い</rt></ruby>きます／バスに<ruby>乗<rt>の</rt></ruby>ります

→ _____

③ <ruby>山田<rt>やまだ</rt></ruby>さん／スマホをいじります／シャワーを<ruby>浴<rt>あ</rt></ruby>びます／<ruby>休<rt>やす</rt></ruby>みます

→ _____

4. 例

田中（たなか）さん／家（うち）へ帰（かえ）る／食事（しょくじ）する
→ 田中（たなか）さんは家（うち）へ帰（かえ）ってから、食事（しょくじ）します。

① 山田（やまだ）さん／テレビを見（み）る／宿題（しゅくだい）をする

→ _____

② 鈴木（すずき）さん／掃除（そうじ）する／外出（がいしゅつ）する

→ _____

③ メリーさん／休（やす）む／お弁当（べんとう）を食（た）べる

→ _____

5. 例

私／自転車／通学します

→ 私は最近、自転車で通学しています。

① 鈴木さん／バス／大学へ行きます

→ _____

② 大熊さん／掃除機／掃除します

→ _____

③ 根本さん／自分／帰ります

→ _____

❶ 佐藤：合格、おめでとう。

田中：ありがとうございます。

佐藤：今、家から通学していますか。

田中：いいえ、家は大学から遠いですから、寮に住んでいます。

佐藤：そうですか。寮生活にはもう慣れましたか。

田中：ええ、ルームメイトは面白い人ですから、毎日楽しいです。

佐藤：よかったですね。

田中：ええ。

❷ 鈴木：田中さん、夜、よく何をしますか。

田中：そうですね。私は学校が終わってから、寮へ帰ります。夜、よく
自分で晩ご飯を作ります。食事が済んでから、部屋を掃除して、
洗濯して、シャワーを浴びます。シャワーを浴びてから、宿題を
します。授業内容も復習します。それから、楽しいスマホの時間
です。

鈴木：そうですか。

田中：鈴木さんは？

鈴木：今、家族と住んでいます。家へ帰って、ちょっと休んでから、家
事を手伝います。母はいつも美味しい料理をたくさん作ります。
それで、僕は夜、いつもおなかが一杯です。食事をして、お皿を
洗って、お風呂に入ります。お風呂に入ってから、宿題をします。
宿題が済んでから、友達とオンラインゲームを1時間半ぐらいし
て、寝ます。

田中：そうですか。

■ 単語
たんご

1	0	外出 *がいしゅつ*	名詞	外出
2	0	自分 *じぶん*	名詞	自己
3	2	ひと時 *とき*	名詞	片刻、短暫的時間
4	1	家事 *かじ*	名詞	家事
5	0	電車 *でんしゃ*	名詞	電車
6	0	エアコン	名詞	空調
7	0	顔 *かお*	名詞	臉
8	1	歯 *は*	名詞	牙齒
9	0	手 *て*	名詞	手
10	6	E メールアドレス *イー*	名詞	電子郵件地址
11	0	うがい	名詞	漱口
12	1	シャワー	名詞	淋浴
13	0	習慣 *しゅうかん*	名詞	習慣
14	3	寮生活 *りょうせいかつ*	名詞	宿舍生活
15	0	お弁当 *べんとう*	名詞	便當
16	0	お皿 *さら*	名詞	盤子、碗盤
17	3	掃除機 *そうじき*	名詞	吸塵器
18	0	合格 *ごうかく*	名詞	合格、考上
19	4	クラスメート	名詞	同班同學
20	4	ルームメイト	名詞	室友
21	4	授業内容 *じゅぎょうないよう*	名詞	上課內容

22	6	オンラインゲーム	名詞	線上遊戲
23	1	先月 (せんげつ)	名詞	上個月
24	1	朝 (あさ)	名詞	早晨
25	1	テレビ	名詞	電視
26	1	駅 (えき)	名詞	車站
27	1	バス	名詞	公車
28	2	自転車 (じてんしゃ)	名詞	腳踏車
29	3	激しい (はげしい)	い形容詞	激烈（的）
30	0	遠い (とおい)	い形容詞	遠（的）
31	1	住む (すむ)	動詞（第Ｉ類）	居住
32	0	焼く (やく)	動詞（第Ｉ類）	烤
33	3	楽しむ (たのしむ)	動詞（第Ｉ類）	享受
34	3	手伝う (てつだう)	動詞（第Ｉ類）	幫忙
35	1	済む (すむ)	動詞（第Ｉ類）	完成
36	0	洗う (あらう)	動詞（第Ｉ類）	洗滌
37	0	磨く (みがく)	動詞（第Ｉ類）	刷
38	0	知る (しる)	動詞（第Ｉ類）	知道
39	0	乗る (のる)	動詞（第Ｉ類）	搭乘
40	2	いじる	動詞（第Ｉ類）	賞玩

41	0	終<ruby>お</ruby>わる	動詞 （第Ⅰ類）	結束
42	1	立<ruby>た</ruby>つ	動詞 （第Ⅰ類）	站立
43	2	休<ruby>やす</ruby>む	動詞 （第Ⅰ類）	休息
44	1	書<ruby>か</ruby>く	動詞 （第Ⅰ類）	書寫
45	0	やめる	動詞 （第Ⅱ類）	終止、取消
46	4	乗<ruby>の</ruby>り換<ruby>か</ruby>える	動詞 （第Ⅱ類）	換車
47	2	降<ruby>お</ruby>りる	動詞 （第Ⅱ類）	下（車、樓梯……）
48	0	浴<ruby>あ</ruby>びる	動詞 （第Ⅱ類）	沐浴
49	2	つける	動詞 （第Ⅱ類）	打開（電器……）
50	2	慣<ruby>な</ruby>れる	動詞 （第Ⅱ類）	習慣
51	0	通学<ruby>つうがく</ruby>する	動詞 （第Ⅲ類）	通學
52	0	掃除<ruby>そうじ</ruby>する	動詞 （第Ⅲ類）	打掃
53	0	洗濯<ruby>せんたく</ruby>する	動詞 （第Ⅲ類）	洗滌衣物
54	0	復習<ruby>ふくしゅう</ruby>する	動詞 （第Ⅲ類）	複習
55	2	少<ruby>すこ</ruby>し	副詞	些許
56	1	もう	副詞	已經
57	1	ちょっと	副詞	稍微
58		〜番<ruby>ばん</ruby>	助数詞	〜號

59	0	それから	接続詞	然後、接著
60	0	それで	接続詞	因此
61		どうやって		如何
62		だめ		不行
63		おめでとう。		恭喜
64		おなかが一杯です。		肚子很飽

■ 問題

1. 請將下列動詞「辭書形」改為「て形」。

① 遊ぶ		② 飲む		③ 買う		④ 行く	
⑤ 食べる		⑥ 来る		⑦ 勉強する		⑧ 書く	
⑨ 終わる		⑩ 寝る		⑪ 作る		⑫ 疲れる	
⑬ 読む		⑭ 入る		⑮ 帰る		⑯ 立つ	
⑰ 知る		⑱ 住む		⑲ 歩く		⑳ もらう	

2. 問答。

❶ お風呂に入ってから、何をしますか。

→ _____

❷ 今、何をしていますか。

→ _____

❸ どちらに住んでいますか。

→ _____

❹ 朝起きて、顔を洗って、それから、何をしますか。

→ _____

3. 重組。

❶ 食べて／佐藤さん／行きます／は／大学／朝ご飯／から／を／へ

→ _____

❷ 最近／大学へ／妹は／行って／電車で／います

→ _____

❸ 済んでから／浴びます／掃除／を／シャワー／が／は／私

→ _____

❹ お風呂／山田さん／入って／に／います／は／今

→ _____

4. 請將中文翻譯成日文。

❶ 我最近都搭公車去超市。

→ _____

❷ 我寫完功課之後，才會滑手機。

→ _____

❸ 山田先生正在休息。

→ _____

❹ 我早上起床後，會刷牙洗臉，然後吃早餐。

→ _____

❺ 我知道那個人的名字。

→ _____

MEMO

第十課

生活の中の規則
せいかつ　なか　きそく

學習重點

1.「～てもいいです（か）」：「要求許可」的說法。

2.「～なくてもいいです」：「不做也可以」的說法。

3.「～てはいけません」：「禁止」的說法。

4.「～てください」：「指示、要求、請求」的說法。

5.「～ないでください」：「要求對方不要那樣做」的說法。

▶ MP3-61

生活の中の規則

社会や学校や家には、色々な規則があります。

例えば、電車やバスの中では大きい声で喋ってはいけません。みんなの迷惑になります。また、物を食べたり飲んだりしてはいけません。ゴミは、ゴミ箱に捨ててください。公共の場所をきれいにしましょう。

学校のコンピューター教室は、飲食禁止です。学校の物を大切にしてください。

家にも規則があります。家に帰って、手を洗って、うがいをしましょう。宿題をしてから、遊んでもいいです。

■ 文型

▶ MP3-62

❶ テストの時、辞書を見てもいいです。

❷ 日曜日は、学校に行かなくてもいいです。

❸ 廊下を走ってはいけません。

❹ 静かにしてください。

❺ 階段に物を置かないでください。

① **A** ここに座ってもいいですか。

B はい、どうぞ。

② **A** 全部覚えましたから、教科書を見なくてもいいです。

B すごいですね。

③ **A** ここにゴミを捨ててはいけません。

B すみません。

④ **A** 飲み物は、自分で準備してください。

B 分かりました。飲み物は自分で準備します。

⑤ **A** テストの時、辞書を見ないでください。

B はい、分かりました。

第十課

1. 例

例1：ここでたばこを吸(す)う。

→ ここでたばこを吸(す)ってもいいです。

例2：明日(あした)は、学校(がっこう)に行(い)かない。

→ 明日(あした)は、学校(がっこう)に行(い)かなくてもいいです。

① 写真(しゃしん)を撮(と)る　　　→ _____

② 映画(えいが)を見(み)る　　　→ _____

③ 留学(りゅうがく)する　　　　→ _____

④ ここで寝(ね)る　　　　　　→ _____

⑤ ネットで買(か)う　　　　　→ _____

⑥ 勉強(べんきょう)をしない　　→ _____

⑦ テレビを見(み)ない　　　　→ _____

⑧ お土産(みやげ)を買(か)わない→ _____

⑨ 買(か)い物(もの)に行(い)かない→ _____

⑩ 何(なに)もしない　　　　　→ _____

2. 例

例１：ここでたばこを吸う。
　　　→ ここでたばこを吸ってはいけません。

① 図書館で物を食べる → _____
② 公園の花を折る　　　→ _____
③ 赤信号を渡る　　　　→ _____

例２：靴を脱ぐ。
　　　→ 靴を脱いでください。

④ スリッパを履く　　　→ _____
⑤ 列に並ぶ　　　　　　→ _____
⑥ 早く寝る　　　　　　→ _____

3. 例

芝生に入る。
→ 芝生に入らないでください。

① １階のトイレを使う　→ _____
② 動物に餌をやる　　　→ _____
③ 図書館で寝る　　　　→ _____
④ ここに車を止める　　→ _____
⑤ 映画館でスマホを見る → _____

<ruby>医者<rt>い しゃ</rt></ruby>：<ruby>今日<rt>きょう</rt></ruby>は、どうしましたか。

<ruby>患者<rt>かんじゃ</rt></ruby>：はい。<ruby>熱<rt>ねつ</rt></ruby>があります。

<ruby>医者<rt>い しゃ</rt></ruby>：<ruby>喉<rt>のど</rt></ruby>は、どうですか。

<ruby>患者<rt>かんじゃ</rt></ruby>：<ruby>喉<rt>のど</rt></ruby>が<ruby>痛<rt>いた</rt></ruby>いです。<ruby>咳<rt>せき</rt></ruby>が<ruby>出<rt>で</rt></ruby>ます。

<ruby>医者<rt>い しゃ</rt></ruby>：<ruby>風邪<rt>かぜ</rt></ruby>です。<ruby>薬<rt>くすり</rt></ruby>を<ruby>飲<rt>の</rt></ruby>んで、よく<ruby>寝<rt>ね</rt></ruby>てください。

<ruby>患者<rt>かんじゃ</rt></ruby>：お<ruby>風呂<rt>ふ ろ</rt></ruby>に<ruby>入<rt>はい</rt></ruby>ってもいいですか。

<ruby>医者<rt>い しゃ</rt></ruby>：はい、お<ruby>風呂<rt>ふ ろ</rt></ruby>に<ruby>入<rt>はい</rt></ruby>ってもいいです。

　　　<ruby>夜更<rt>よ ふ</rt></ruby>かししないでください。

<ruby>患者<rt>かんじゃ</rt></ruby>：<ruby>分<rt>わ</rt></ruby>かりました。ありがとうございました。

<ruby>医者<rt>い しゃ</rt></ruby>：お<ruby>大事<rt>だい じ</rt></ruby>に。

■ 単語

1	1	社会	名詞	社會
2	1	規則	名詞	規則
3	1	声	名詞	聲音（人和動物的）
4	3	みんな	名詞	大家
5	0	ゴミ箱	名詞	垃圾桶
6	0	公共	名詞	公共
7	0	場所	名詞	場所、地方
8	3	コンピューター	名詞	電腦
9	0	飲食禁止	名詞	禁止飲食
10	0	廊下	名詞	走廊
11	0	階段	名詞	樓梯
12	2	物	名詞	東西、物品
13	3	教科書	名詞	教科書、課本
14	0	たばこ	名詞	香菸
15	0	ネット	名詞	網路
16	3	赤信号	名詞	紅燈
17	1	スリッパ	名詞	拖鞋
18	1	列	名詞	排列、隊伍
19	0	芝生	名詞	草坪、草地
20	1	トイレ	名詞	廁所
21	2	餌	名詞	飼料

第十課

22	0	車 くるま	名詞	車子
23	0	医者 い しゃ	名詞	醫生
24	0	患者 かん じゃ	名詞	病患
25	2	熱 ねつ	名詞	發燒
26	1	喉 のど	名詞	喉嚨
27	2	咳 せき	名詞	咳嗽
28	0	薬 くすり	名詞	藥
29	1	マスク	名詞	口罩
30	0	病院 びょういん	名詞	醫院
31	0	酒 さけ	名詞	酒
32	2	痛い いた	い形容詞	感覺疼痛（的）
33	0	色々 いろ いろ	な形容詞	各式各樣（的）、各種（的）
34	1	迷惑 めい わく	な形容詞	麻煩（的）、困擾（的）
35	0	大切 たい せつ	な形容詞	重要（的）、重視（的）
36	1	なる	動詞 （第Ⅰ類）	成為、變成
37	2	走る はし	動詞 （第Ⅰ類）	奔跑
38	0	置く お	動詞 （第Ⅰ類）	放置
39	0	座る すわ	動詞 （第Ⅰ類）	坐下
40	2	分かる わ	動詞 （第Ⅰ類）	了解、懂得
41	0	吸う す	動詞 （第Ⅰ類）	吸

42	1	脱ぐ ぬ	動詞 （第Ⅰ類）	脱（衣物鞋帽等）
43	1	折る お	動詞 （第Ⅰ類）	折斷
44	0	渡る わた	動詞 （第Ⅰ類）	穿越、過馬路
45	0	履く は	動詞 （第Ⅰ類）	穿（鞋子等）
46	0	並ぶ なら	動詞 （第Ⅰ類）	排隊
47	0	やる	動詞 （第Ⅰ類）	給、餵養
48	0	捨てる す	動詞 （第Ⅱ類）	丟棄
49	3	覚える おぼ	動詞 （第Ⅱ類）	記住、背誦
50	0	止める と	動詞 （第Ⅱ類）	停止、停車
51	1	出る で	動詞 （第Ⅱ類）	出來
52	1	準備する じゅんび	動詞 （第Ⅲ類）	準備
53	0	留学する りゅうがく	動詞 （第Ⅲ類）	留學
54	2	夜更かしする よ ふ	動詞 （第Ⅲ類）	熬夜
55	1	全部 ぜんぶ	副詞	全部
56	1	早く はや	副詞	趕快、早一點
57		～階 かい	助数詞	～樓
58		例えば たと	接続詞	例如、比方說
59	0	お大事に。 だいじ	慣用表現	（請）保重

1. 問答。

❶ 図書館の規則を三つ書いてください。
としょかん　きそく　みっ　か

飲んだり食べたり
の　　　　た

_____

大きい声で
おお　　こえ

_____

廊下を
ろうか

_____

❷ 風邪の時の規則を三つ作ってください。
かぜ　とき　きそく　みっ　つく

マスクを
_____

病院へ
びょういん
_____

薬を
くすり
_____

2. 請將中文翻譯成日文。

❶ 我可以吃這個蛋糕嗎？

→ _____

❷ 沒有廚房也可以。

→ _____

❸ 明天請交作業給老師。

→ _____

❹ 感冒的時候請不要去打工。

→ _____

❺ 酒可以喝，也可以不喝。

→ _____

MEMO

第十一課

<ruby>お花見<rt>はなみ</rt></ruby>

學習重點

1. 「～たことがある」：「是否有～經驗」的句型。
2. 「目的に行く」：「目的」的簡化句型。
3. 「～たり、～たりする」：「動作列舉」的句型。

お花見

　もう春ですね。皆さんは、お花見をしたことがありますか。日本では春に桜名所へお花見に行きます。その時、散歩をしたり写真を撮ったりします。でも、それだけじゃありません。日本人は満開の桜の下でパーティーをします。家族や友達とお茶やビールを飲んだり、お弁当やお菓子を食べたりします。桜は開花から散るまで2週間だけですから、とても短いです。ですから、お花見がしたい人は、ネットで開花情報を調べてから行ってください。

▶ MP3-67

❶ お花見をしたことがありますか。

❷ お花見に行きます。

❸ 散歩をしたり写真を撮ったりします。

❶ **A** お好み焼を食べたことがありますか。

B いいえ、一度もありません。

❷ **A** MRT に乗ったことがありますか。

B はい、乗ったことがあります。安くて便利ですよ。

❸ **A** 昨日、何をしましたか。

B 公園へ散歩に行きました。

❹ **A** 何の勉強に台湾へ来ましたか。

B 中国語の勉強に来ました。

❺ **A** 夏休みは、何をしましたか。

B 旅行をしたり、アルバイトをしたりしました。

❻ **A** 図書館でジュースを飲んでもいいですか。

B いいえ、図書館でジュースを飲んだりしてはいけません。

1. 例

日本へ行きます／楽しいです
→ 日本へ行ったことがあります。楽しかったです。

① 富士山に登ります／大変です

→ _____

② カラオケに行きます／楽しいです

→ _____

③ 日本の映画を見ます／面白いです

→ _____

2. 例

日本へ／日本語を勉強します
→ 日本へ日本語の勉強に行きます。

① 有名なレストランへ／食事をします

→ _____

② 市民会館へ／運動します

→ _____

③ デパートへ／買い物します

→ _____

3. 例

日曜日（にちようび）は掃除（そうじ）をします／洗濯（せんたく）をします

→ 日曜日（にちようび）は掃除（そうじ）をしたり、洗濯（せんたく）をしたりします。

① 休（やす）みの日（ひ）は小説（しょうせつ）を読（よ）みます／ゲームをします

→ _____

② 毎日料理（まいにちりょうり）をします／テレビを見（み）ます

→ _____

③ 昨日（きのう）買（か）い物（もの）をしました／映画（えいが）を見（み）ました

→ _____

① A：桜が咲いていますね。

B：そうですね。私は桜が大好きです。

A：来週の日曜日、友達と一緒にお花見に行きます。上野公園です。上野公園はお花見の名所です。

B：へえ、いいですね。私は上野公園へ行ったことはありません。

A：そうですか。じゃ、一緒に行きませんか。

B：えっ、いいですか。是非、行きたいです。

② A：田中さん、どこへ行きますか。

B：和菓子を買いますから、デパートへ行きます。日本の伝統的なお菓子です。お花見の時に食べます。

  ＊   ＊

A：そのピンクのものは何ですか。見たことがありません。

B：これは「桜餅」です。有名な和菓子ですよ。

A：へえ、かわいいですね。写真を撮ってもいいですか。

B：ええ、いいですよ。

❸ A：あ〜、桜は、満開ですね。

B：ええ、とてもきれいですね。

A：みんな桜の木の下でお菓子を食べたり、お喋りをしたりして、本当に
幸せですね。

B：そうですね。えっと、お茶はありませんか。

A：あっ、家に忘れました。コンビニへ買いに行きます。

B：じゃ、すみません。お願いします。

■ 単語

1	3	花見	名詞	賞花
2	1	春	名詞	春天
3	0	桜	名詞	櫻花
4	0	名所	名詞	名勝
5	0	満開	名詞	盛開
6	0	開花	名詞	開花
7	0	情報	名詞	情報、消息
8	1	パーティー	名詞	派對
9	0	お好み焼き	名詞	什錦煎餅（大阪燒）
10	2	和菓子	名詞	日式點心
11	3	桜餅	名詞	櫻葉麻糬
12	0	カラオケ	名詞	卡拉OK
13	1	ピンク	名詞	粉紅色
14	2	お喋り	名詞	談天、聊天
15	0	お願い	名詞	請求、拜託
16	4	市民会館	名詞	公民會館
17	0	一度	名詞	一次
18	0	下	名詞	下方
19	2	時	名詞	時候
20	3	短い	い形容詞	短（的）、短暫（的）
21	0	伝統的	な形容詞	傳統（的）

22	0	散^ちる	動詞 （第Ⅰ類）	櫻花凋落
23	0	咲^さく	動詞 （第Ⅰ類）	開花、綻放
24	3	調^{しら}べる	動詞 （第Ⅱ類）	查詢、調查
25	0	散歩^{さんぽ}する	動詞 （第Ⅲ類）	散步
26	2	だけ	副助詞	只（有）
27	1	ですから	接続詞	所以

1. 問答。

❶ 日本の映画を見たことがありますか。

→ _____

❷ 陳さん、何の勉強に日本へ来ましたか。

→ _____

❸ 休みの日はいつも何をしますか。

→ _____

2. 重組。

❶ ことが／作った／あります／ケーキを／学校で

→ _____

❷ 行きました／日曜日／コンビニへ／アルバイトに

→ _____

❸ 散歩を／したり／公園で／しました／したり／お花見を

→ _____

3. 請將中文翻譯成日文。

❶ 我去美國玩過。很開心。

→ _____

❷ 昨天，我和朋友去台北爬山。

→ _____

❸ 晚上，在家學習、寫報告。

→ _____

第十二課

アルバイト

學習重點

1.「～と思います」：「判斷、想法」的句型。

2.「～ながら、～ます」：「同時進行兩個動作」的句型。

3.「～と言いました」：「引用」的句型。

▶ MP3-71

アルバイト

　私は今アルバイトを 2 つしています。1 つはラーメン屋のホールスタッフです。仕事の内容は客を席に案内したり、注文を取ったりすることです。そして、配膳や片付け、会計などもします。もう 1 つは家庭教師です。週に 2 日、中学生に英語と数学を教えに行きます。ホールスタッフより家庭教師のほうが時給が高いです。でも、コミュニケーションが好きだから、自分はサービス業に向いていると思います。これからアルバイトをしながら就活をします。母は忙しい私のことをとても心配しています。私は母に若いから大丈夫だと言いました。

文型

▶ MP3-72

❶ 日本語の勉強は面白いと思います。

❷ 昨日音楽を聞きながら宿題をしました。

❸ 私は母に唐揚げが食べたいと言いました。

① **A** 先生はどこにいますか。

B 先生はもう帰ったと思います。

② **A** 新しいレストランはどうですか。

B 安くて美味しいと思います。

③ **A** 歩きながらスマホを使わないでください。

B はい、すみません。

④ **A** 鈴木さんは大学院へ行きたいですか。

B 行きたいですが、お金がありませんから、働きながら大学院に通いたいと思います。

⑤ **A** 田中さんに何と言いましたか。

B 明日行くと言いました。

⑥ **A** 松下社長は「お客様は神様です」と言いました。

1. 例

田中さんは学生ですか。

→ いいえ、学生じゃないと思います。

① 学校の食堂は美味しいですか。

→ いいえ、_____ と思います。

② テストは難しかったですか。

→ はい、_____ と思います。

③ 中村さんは旅行に行きますか。

→ はい、_____ と思います。

2. 例

お茶を飲みます／小説を読みます

→ お茶を飲みながら、小説を読んでいます。

① 音楽を聞きます／料理をします

→ _____

② スマホを見ます／食事をします

→ _____

③ お喋りをします／お弁当を食べます

→ _____

3.

日本料理が食べたいです。
→郭さんは日本料理が食べたいと言いました。

① キムさんはかわいいです。

→郭さんは _____

② パイナップルを 2 つ買います。

→郭さんは _____

③ あの人は小泉さんです。

→郭さんは _____

第十二課

▶ MP3-74

① 山田：アルバイトをしていますか。

小池：はい、していますよ。どうしましたか。

山田：そうですね……。最近お金が足りなくて……。

小池：そうですか。家のラーメン屋はアルバイトを募集していますよ。
　　　来ますか。

山田：はい、行きたいです。でも、私はアルバイトをしたことがありま
　　　せん。

小池：大丈夫だと思いますよ。紹介します。

山田：いいですか。ありがとうございます。じゃ、お願いします。

② 後輩：昨日、母にアルバイトがしたいと言いました。でも、母はしては
　　　　いけないと言いました。

先輩：どうしてですか。

後輩：私の勉強を心配しているからだと思います。

先輩：そうですね。週に 3 日だから、勉強の時間があまりなくて、よく
　　　　ないですね。じゃ、週に 1 日でどうですか。

後輩：母がアルバイトをしてはいけないと言いましたから……。

先輩：じゃ、もう一度お母さんとよく話し合ってください。

後輩：そうします。

③ 高橋　　：ラーメン屋のアルバイトはどうでしたか。

ミシェル：ちょっと疲れましたが、楽しかったです。

高橋　　：よかったですね。ずっと立っているから、大変でしょうね。

ミシェル：いいえ、昨日、店長さんは2回休憩してもいいと言いましたよ。

高橋　　：やさしい人ですね。

ミシェル：はい、私もそう思います。そして、私は休憩の時、休憩室で
　　　　　スマホを見ながら、まかないを食べました。幸せでした。

高橋　　：へえ、本当にいい職場ですね。

■ 単語

1	0	ラーメン屋	名詞	拉麵店
2	5	ホールスタッフ	名詞	外場服務人員
3	0	仕事	名詞	工作
4	0	客	名詞	客人
5	1	席	名詞	座位
6	0	配膳	名詞	送餐
7	0	片付け	名詞	整理、收拾
8	0	会計	名詞	結帳
9	1	店長	名詞	店長
10	0	まかない	名詞	員工餐
11	3	休憩室	名詞	休息室
12	0	職場	名詞	職場
13	0	就活	名詞	「就職活動」的簡稱，求職
14	4	サービス業	名詞	服務業
15	4	家庭教師	名詞	家庭教師
16	3	中学生	名詞	國中生
17	0	時給	名詞	時薪
18	0	社長	名詞	社長、總經理
19	4	お客様	名詞	客人（禮貌的説法）
20	1	神様	名詞	神（禮貌的説法）
21	4	コミュニケーション	名詞	溝通、交流

22	0	お金 かね	名詞	錢
23	0	唐揚げ から あ	名詞	日式炸雞塊
24	0	先輩 せん ぱい	名詞	學長姐
25	0	後輩 こう はい	名詞	學弟妹
26	1	ない	い形容詞	沒有
27	3	大丈夫 だいじょう ぶ	な形容詞	沒問題（的）、沒關係（的）
28	0	向く む	動詞 （第Ⅰ類）	適合、朝向
29	0	言う い	動詞 （第Ⅰ類）	説
30	0	聞く き	動詞 （第Ⅰ類）	聽
31	0	通う かよ	動詞 （第Ⅰ類）	通勤、通學
32	4	話し合う はな あ	動詞 （第Ⅰ類）	對話、商量
33	1	取る と	動詞 （第Ⅰ類）	接受
34	2	歩く ある	動詞 （第Ⅰ類）	走、走路
35	0	教える おし	動詞 （第Ⅱ類）	教
36	0	足りる た	動詞 （第Ⅱ類）	足夠、充足
37	3	案内する あん ない	動詞 （第Ⅲ類）	引導
38	0	心配する しん ぱい	動詞 （第Ⅲ類）	擔心
39	0	募集する ぼ しゅう	動詞 （第Ⅲ類）	招募、募集

40	0	紹介する （しょうかい）	動詞 （第Ⅲ類）	介紹
41	0	休憩する （きゅうけい）	動詞 （第Ⅲ類）	休息
42	0	ずっと	副詞	一直
43		～日 （にち）	助数詞	～天
44		～など	副助詞	～等等

1. 問答。

❶ 新しいデパートは安いと思いますか。（はい）

→ _____

❷ 今、何をしていますか。（音楽を聞く／スポーツをする）

→ _____

❸ 先生は何と言いましたか。（早く／帰る）

→ _____

2. 請將中文翻譯成日文。

❶ 我覺得日本的便利商店非常方便。

→ _____

❷ 我想圖書館明天休息。

→ _____

❸ 我每天一邊看智慧型手機，一邊吃早餐。

→ _____

❹ 老師說考試的時候不可以說話。

→ _____

第十二課

MEMO

第十三課

<ruby>夏休<rt>なつやす</rt></ruby>み

學習重點

1.「～でしょう」：「對未確定的事情進行推測敘述」的說法。
2.「～だろうと<ruby>思<rt>おも</rt></ruby>います」：「表達推測」的句型。
3.「～（よ）うと<ruby>思<rt>おも</rt></ruby>います」：「表達自己的意志」的說法。

夏休み（なつやす）

来週（らいしゅう）から夏休み（なつやす）に入（はい）ります。毎年（まいとし）の夏休み（なつやす）は、家族（かぞく）は海外旅行（かいがいりょこう）に行（い）きます。日本（にほん）や香港（ほんこん）やベトナムなどへ行（い）ったことがあります。去年（きょねん）、家族（かぞく）と一緒（いっしょ）に韓国（かんこく）へ行（い）こうと思（おも）いましたが、コロナ禍（か）で旅行（りょこう）をやめました。とても残念（ざんねん）です。今年（ことし）、海外旅行（かいがいりょこう）はまだ難（むずか）しいでしょう。でも、昨日（きのう）、父（ちち）は墾丁（こんてい）へ行（い）きたいと言（い）いました。私（わたし）は墾丁（こんてい）へ行（い）ったことがありませんから、とても行（い）きたいです。台北（たいぺい）も暑（あつ）いですが、墾丁（こんてい）はきっともっと暑（あつ）いだろうと思（おも）います。私（わたし）はきれいな海（うみ）で泳（およ）いだり遊（あそ）んだりしたいです。そして、かき氷（ごおり）と海鮮料理（かいせんりょうり）が食（た）べたいです。初（はじ）めての墾丁（こんてい）を楽（たの）しみにしています。

❶ 明日（あした）は雨（あめ）でしょう。

❷ あの傘（かさ）はたぶん安（やす）いだろうと思（おも）います。

❸ 来週（らいしゅう）、友達（ともだち）と旅行（りょこう）に行（い）こうと思（おも）います。

▶ MP3-78

① Ⓐ 明日、林さんは来ますか。

Ⓑ 分かりません。たぶん来るでしょう。

② Ⓐ 明日のパーティーに行かなくてもいいですか。

Ⓑ 行かなくても大丈夫でしょう。

③ Ⓐ 許さんは就活をしますか。

Ⓑ 留学しますから、就活はしないだろうと思います。

④ Ⓐ 明日、休んでもいいですか。

Ⓑ いいえ、テストがありますから、休んではいけないだろうと思います。

⑤ Ⓐ 冬休みは何をしますか。

Ⓑ 茶道を習おうと思います。

⑥ Ⓐ この映画を見ましたか。

Ⓑ いいえ、土曜日に見に行こうと思います。

1. 例

A：今日、木村さんは出席しますか。

B：出席しないでしょう。今日、木村さんは休みですから。

① A：ここでコーヒーを飲んでもいいですか。

　B：＿＿＿＿＿＿＿＿＿＿＿＿＿でしょう。ここは飲食禁止ですから。

② A：来週、桜が咲きますか。

　B：＿＿＿＿＿＿＿＿＿＿＿＿＿でしょう。まだ寒いですから。

2. 例

A：動物園は今日、休みですか。

B：月曜日ですから、たぶん休みだろうと思います。

① A：山田さんは試験に合格しましたか。

　B：山田さんはよく勉強しましたから、＿＿＿＿＿＿＿＿＿＿＿＿

② A：学校の食堂は美味しいですか。

　B：人が多いですから、＿＿＿＿＿＿＿＿＿＿＿＿＿＿

.3. 例

A：パンダ館を見に行きましたか。（この後）

B：いいえ、まだです。この後、見に行こうと思います。

① A：宿題を出しましたか。（午後）

　　B：いいえ、まだです。　_____

② A：奨学金をもらいましたか。（来週）

　　B：いいえ、まだです。　_____

①

黄　：小池さん、夏休みは何をしますか。

小池：台湾は暑いですから、日本へ帰ろうと思います。

黄　：そうですか。いいですね。日本は台湾より涼しいでしょう。

小池：そうですね。でも、東京はそんなに涼しくないですよ。

黄　：えっ？本当ですか。

小池：そして、母の手料理も食べたいですから。

黄　：そうですか。じゃ、夏休みは日本でゆっくり過ごしてください。

②

中村：もうすぐ夏休みですね。

キム：そうですね。夏休みは2か月もあって、長いですね。

中村：いいえ、長くないですよ。私はアルバイトをしながら、英語を勉強しようと思います。

そして、海外旅行にも行きたいです。2か月は全然足りませんよ。

キム：そんなにたくさんのことをしますか。休む時間はないでしょう。

中村：そうですね。でも、まだ若いですから、時間を有効に活用して、たくさんのことがしたいです。休まなくても大丈夫だろうと思います。

キム：中村さんはいい学生ですね。

❸ 先輩：交換留学の学習計画書を書きましたか。

後輩：いいえ、まだです。

先輩：もうすぐ締め切りでしょう。

後輩：そうですね。締め切りは来週の月曜日ですから、日曜日に書こう
　　　と思います。

先輩：日曜日からですか。ちょっと間に合わないと思います。

1	1	香港 （ほんこん）	名詞	香港
2	0	ベトナム	名詞	越南
3	0	墾丁 （こんてい）	名詞	墾丁
4	3	コロナ禍 （か）	名詞	新冠疫情
5	3	かき氷 （ごおり）	名詞	剉冰
6	0	海鮮 （かいせん）	名詞	海鮮
7	1	茶道（茶道）（さどう）（ちゃどう）	名詞	日本茶道
8	2	手料理 （てりょうり）	名詞	親手做的菜
9	5	交換留学 （こうかんりゅうがく）	名詞	交換留學
10	0	学習計画書 （がくしゅうけいかくしょ）	名詞	學習計畫書
11	0	締め切り （しきり）	名詞	截止日
12	0	コップ	名詞	杯子
13	1	後 （あと）	名詞	之後
14	3	残念 （ざんねん）	な形容詞	可惜（的）
15	2	習う （なら）	動詞（第Ⅰ類）	學習
16	2	過ごす （す）	動詞（第Ⅰ類）	度過
17	3	間に合う （まに あ）	動詞（第Ⅰ類）	來得及、趕得上
18	0	出席する （しゅっせき）	動詞（第Ⅲ類）	出席
19	0	活用する （かつよう）	動詞（第Ⅲ類）	活用、利用
20	0	毎年 （まいとし）	副詞	每年

21	0	今年（ことし）	副詞	今年
22	0	きっと	副詞	一定、必然
23	1	もっと	副詞	更
24	1	たぶん	副詞	大概、也許
25	3	ゆっくり	副詞	慢慢地、充分地
26	3	もうすぐ	副詞	快要
27	0	そんなに	副詞	那麼
28	0	有効に（ゆうこう）	副詞	有效地

1. 空格處請填入正確的答案。

行く	
	来よう
食べる	
遊ぶ	
	買おう
勉強する	
働く	
過ごす	
寝る	
	入ろう
乗る	
住む	
	降りよう
立つ	

2. 請依據提示回答問題。

❶ 東京に安くて広い一戸建てがありますか。（～でしょう）

→ いいえ、＿＿＿＿＿＿＿＿＿＿＿＿＿＿＿＿＿＿＿

❷ 上野公園にパンダがいますか。（～だろうと思う）

→ はい、＿＿＿＿＿＿＿＿＿＿＿＿＿＿＿＿＿＿＿＿

❸ 土曜日は何をしますか。（～（よ）うと思う）

→ 家族と動物園へ＿＿＿＿＿＿＿＿＿＿＿＿＿＿＿＿

3. 問答。（請依照提示回答）

❶ 猿はリンゴを食べますか。（～でしょう）

→ ＿＿＿＿＿＿＿＿＿＿＿＿＿＿＿＿＿＿＿＿＿＿＿

❷ この映画は面白いですか。（～だろうと思う）

→ ＿＿＿＿＿＿＿＿＿＿＿＿＿＿＿＿＿＿＿＿＿＿＿

❸ 午後、何をしますか。（**数学**／～（よ）うと思う）

→ ＿＿＿＿＿＿＿＿＿＿＿＿＿＿＿＿＿＿＿＿＿＿＿

4. 請將中文翻譯成日文。(請使用「～でしょう」、「～だろうと思う」、「～(よ)うと思う」作答)

① 英文大概不難吧。

→ _____

② 我想法隆寺大概很古老。

→ _____

③ 寒假時，我想要學習做菜。

→ _____

④ 上野公園很有名吧。

→ _____

⑤ 我想學校的食堂大概很便宜。

→ _____

⑥ 我想要買新的杯子。

→ _____

第十四課

<ruby>断捨離<rt>だんしゃり</rt></ruby>

學習重點

1.「〜Ｎ」：「修飾名詞句」的說法。
2.「〜<ruby>時<rt>とき</rt></ruby>」：「〜的時候」的說法。
3.「ＮをＶている」：描述穿戴、外觀的說法。

▶ MP3-81

断捨離
（だんしゃり）

　来月、四国へ転勤しますから、引っ越しの準備をしなければなりません。これから住む部屋は狭くて、収納のスペースが少ないですから、引っ越しの前に、断捨離が必要です。捨てたいものは、服と本とCDです。

　まず、痩せていた時の服は捨てます。次に、CDの音楽はパソコンに取り込みます。そして、公務員試験に合格しましたから、昔買った参考書はネットで売ります。断捨離をして、新しい気持ちで頑張ります。

■ 文型
（ぶんけい）

▶ MP3-82

❶ ここは、大学の学生に人気がある食堂です。

❷ あの着物を着ている人は、学科長です。

❸ 暇な時、私はいつもパソコンでゲームをしています。

❹ 眠い時、栄養ドリンクを飲みます。

▶ MP3-83

① Ⓐ 先生のオフィスに入る時、どうしますか。

Ⓑ ノックをして、「失礼します」と言ってから入ってください。

② Ⓐ 鈴木さんの国で風邪を引いた時、何を食べますか。

Ⓑ お粥を食べます。マリーさんの国はどうですか。

Ⓐ 特に特別な物を食べませんが、喉が痛い時は蜂蜜を飲みます。

③ Ⓐ あのう、すみません、小林さんへのお届け物です。

Ⓑ 小林さんはあの背が高くて、赤いワンピースを着ている女性です。

④ Ⓐ これは去年、法隆寺で撮った写真です。

Ⓑ 歴史があって、立派なお寺ですね。

⑤ Ⓐ 日本の子供は、食事が終わった時、どうしますか。

Ⓑ テーブルを片付けたり、拭いたりします。

第十四課

■ 練習

1. 例

美味しいです／料理です　　　→ 美味しい料理です。
きれいです／町です　　　　　→ きれいな町です。
先週行きました／所です　　　→ 先週行った所です。

① 欲しいです／車です　　　　　→ _____

② 難しいです／テストです　　　→ _____

③ 忙しいです／毎日です　　　　→ _____

④ 有名です／会社です　　　　　→ _____

⑤ 嫌いです／野菜です　　　　　→ _____

⑥ 元気です／子供です　　　　　→ _____

⑦ 来月乗ります／飛行機です　　→ _____

⑧ 子供が食べません／料理です　→ _____

⑨ 先月書きました／レポートです　→ _____

⑩ 昨日来ませんでした／学生です　→ _____

⑪ 結婚しています／会社員です　→ _____

⑫ 明日泊まります／ホテルです　→ _____

2.

レストラン／学生がよく行きます

→ ここは学生がよく行くレストランです。

① 料理です／台湾で一番有名です

→ これは _____

② バスです／空港からホテルまで走ります

→ リムジンバスは _____

③ お寺です／外国人がよく知っています

→ 法隆寺は _____

④ 部屋です／靴を履いて入ってはいけません

→ 和室は _____

⑤ 目薬です／目が疲れている時に点します

→ これは _____

⑥ スープです／どの家庭にもオリジナルの味があります

→ みそ汁は _____

3. 例

ネクタイ→ <u>ネクタイをしている人は山田さんです。</u>

① かばん　　→ _____

② 帽子　　　→ _____

③ ぞうり　　→ _____

④ めがね　　→ _____

⑤ 着物　　　→ _____

⑥ スカート　→ _____

⑦ 本　　　　→ _____

⑧ お土産　　→ _____

先生：皆さん、マナー教室の時間です。

学生：はい、先生、よろしくお願いします。

先生：先生に会った時、どうしますか。

学生：「こんにちは。」と言って、お辞儀をします。

先生：人から物をもらった時、何と言いますか。

学生：「いただきます。ありがとうございます。」と言います。

先生：人に迷惑をかけた時、何と言いますか。

学生：「すみません。これから気を付けます。」と言います。

先生：ビジネス相手の会社へお土産を持って行った時、いつお土産を渡しますか。

学生：名刺交換が済んだ時、渡します。

■ 単語(たんご)

1	0	引っ越し(ひっこし)	名詞	搬家
2	0	収納(しゅうのう)	名詞	收納
3	2	スペース	名詞	空間
4	0	断捨離(だんしゃり)	名詞	斷捨離
5	6	公務員試験(こうむいんしけん)	名詞	公職考試
6	0	参考書(さんこうしょ)	名詞	參考書
7	0	昔(むかし)	名詞	之前、從前
8	0	気持ち(きもち)	名詞	心情
9	0	人気(にんき)	名詞	人氣
10	3	学科長(がっかちょう)	名詞	系主任
11	6	栄養ドリンク(えいよう)	名詞	提神飲料
12	0	お粥(かゆ)	名詞	白稀飯
13	0	蜂蜜(はちみつ)	名詞	蜂蜜
14	1	スープ	名詞	湯
15	3	みそ汁(しる)	名詞	味噌湯
16	0	野菜(やさい)	名詞	蔬菜
17	0	届け物(とどけもの)	名詞	包裹
18	0	歴史(れきし)	名詞	歷史
19	0	子供(こども)	名詞	小孩
20	1	目(め)	名詞	眼睛
21	2	目薬(めぐすり)	名詞	眼藥水

22	2	オリジナル	名詞	獨創
23	0	相手 あい て	名詞	對方
24	3	責任感 せきにんかん	名詞	責任感
25	0	式場 しきじょう	名詞	會場
26	1	ドラマ	名詞	電視劇
27	2	ストーリー	名詞	劇情、故事
28	1	キャスト	名詞	選角
29	2	服 ふく	名詞	衣服
30	3	ワンピース	名詞	連身洋裝
31	0	着物 き もの	名詞	和服
32	1	めがね	名詞	眼鏡
33	2	スカート	名詞	裙子
34	0	ぞうり	名詞	草屐
35	1	ネクタイ	名詞	領帶
36	5	リムジンバス	名詞	機場客運
37	0	空港 くうこう	名詞	機場
38	4	外国人 がいこくじん	名詞	外籍人士
39	1	給料 きゅうりょう	名詞	薪水
40	0	味 あじ	名詞	口味、味道
41	3	CD シーティー	名詞	光碟
42	0	車 くるま	名詞	汽車

43	4	マナー教室<ruby>きょうしつ</ruby>	名詞	禮儀教室
44	0	お辞儀<ruby>じぎ</ruby>	名詞	行禮
45	1	オフィス	名詞	辦公室
46	1	ノック	名詞	敲門
47	3	会社員<ruby>かいしゃいん</ruby>	名詞	上班族
48	0	和室<ruby>わしつ</ruby>	名詞	日式房間
49	1	ビジネス	名詞	商業
50	4	名刺交換<ruby>めいしこうかん</ruby>	名詞	互換名片
51	1	操作<ruby>そうさ</ruby>	名詞	操作
52	2	次<ruby>つぎ</ruby>	名詞	下一個
53	1	来月<ruby>らいげつ</ruby>	名詞	下個月
54	0	女性<ruby>じょせい</ruby>	名詞	女性
55	3	少ない<ruby>すく</ruby>	い形容詞	少（的）
56	2	眠い<ruby>ねむ</ruby>	い形容詞	想睡（的）
57	0	赤い<ruby>あか</ruby>	い形容詞	紅（的）
58	2	欲しい<ruby>ほ</ruby>	い形容詞	想要
59	0	特別<ruby>とくべつ</ruby>	な形容詞	特別（的）
60	0	立派<ruby>りっぱ</ruby>	な形容詞	宏偉（的）、優秀（的）
61	0	必要<ruby>ひつよう</ruby>	な形容詞	必須（的）
62	3	取り込む<ruby>とこ</ruby>	動詞（第Ⅰ類）	收錄
63	0	売る<ruby>う</ruby>	動詞（第Ⅰ類）	販售

64	3	頑<ruby>張<rt>がんば</rt></ruby>る	動詞 （第Ⅰ類）	努力
65	0	<ruby>拭<rt>ふ</rt></ruby>く	動詞 （第Ⅰ類）	擦拭
66	0	<ruby>泊<rt>と</rt></ruby>まる	動詞 （第Ⅰ類）	住（短時間）
67	1	<ruby>点<rt>さ</rt></ruby>す	動詞 （第Ⅰ類）	點（眼藥水）
68	2	かぶる	動詞 （第Ⅰ類）	戴、罩
69	0	<ruby>渡<rt>わた</rt></ruby>す	動詞 （第Ⅰ類）	遞交、交付
70	1	つく	動詞 （第Ⅰ類）	附帶、電源開啟
71	2	かける	動詞 （第Ⅱ類）	戴（眼鏡）、造成（麻煩）
72	0	<ruby>借<rt>か</rt></ruby>りる	動詞 （第Ⅱ類）	借、借入
73	4	<ruby>片付<rt>かたづ</rt></ruby>ける	動詞 （第Ⅱ類）	收拾
74	0	<ruby>転勤<rt>てんきん</rt></ruby>する	動詞 （第Ⅲ類）	調職
75	0	<ruby>結婚<rt>けっこん</rt></ruby>する	動詞 （第Ⅲ類）	結婚
76	1	<ruby>特<rt>とく</rt></ruby>に	副詞	尤其、特別
77	1	まず	副詞	首先
78	1	どんな	副詞	什麼樣的

1. 問答。

❶ どんな部屋がいいですか。（台所があります。トイレがついています。）

→ _____

❷ どんな人が好きですか。（やさしいです。責任感があります。）

→ _____

❸ どんな式場を借りますか。（パソコンがあります。）

→ _____

❹ どんな仕事がしたいですか。（給料が高いです。残業がありません。）

→ _____

❺ どんなドラマが見たいですか。（ストーリーが面白いです。キャスト
が有名です。）

→ _____

2. 請將中文翻譯成日文。

❶ 這是我上週五在百貨公司裡買的手機。

→ _____

❷ 請問有沒有附衛浴和廚房、離車站近的房子？

→ _____

❸ 我想要一台又輕、操作簡單、照相拍得漂亮的平板電腦。

→ _____

❹ 這是我第一次用日文寫的書。

→ _____

第十五課

とょかん
図書館

學習重點

1.「～ている」：「自動詞狀態句」的句型。

2.「～てある」：「他動詞狀態句」的句型。

3.「～てしまう」：「動作完了」、「惋惜」的句型。

4.「～ておく」：「做好準備」的句型。

図書館

昨日、台北で一番きれいな図書館に行きました。図書館の前に池があって、鴨が泳いでいます。木もたくさん植えてあります。とてもいい環境です。

図書館の中は、壁一面に本がきちんと並べてあります。バーチャルリアリティーとテーブルゲームは、この図書館の特徴です。和風と洋風の休憩するところも、学習スペースもあって、気持ちがいいですから、時間を忘れてしまいます。皆さんも是非、勉強に来てください。

▶ MP3-87

❶ パソコンが壊れています。

❷ 壁にスケジュールが貼ってあります。

❸ 寝る前に机の上を片付けておきます。

❹ スマホを家に忘れてしまいました。

▶ MP3-88

① **A** エアコンがついていませんから、つけてください。

B すみません、エアコンが壊れています。

② **A** 暑いですから、窓を開けましょうか。

B エアコンがつけてありますから、閉めてください。

③ **A** 会議室の窓ガラスが割れていますよ。

B 分かりました。すぐに修理します。

④ **A** この箱にプレゼントが入っていますか。

B はい、もうプレゼントが入れてありますよ。

⑤ **A** 中間テストまでにこの本を読んでおいてください。

B そうですか。では今晩全部読んでしまいます。

⑥ **A** クレジットカードをなくしてしまいました。

B 早く銀行に連絡しておきましょう。

⑦ **A** 部屋の漫画はもう捨ててしまいましたよ。

B どうして捨ててしまいましたか。あれは大切な漫画ですよ。

第十五課

197

1. 例

バスが止まっています。

例 止まる	① 倒れる	② 落ちる
③ 折れる	④ 汚れる	⑤ 破れる

① _____

② _____

③ _____

④ _____

⑤ _____

2. 例

バスが止めてあります。

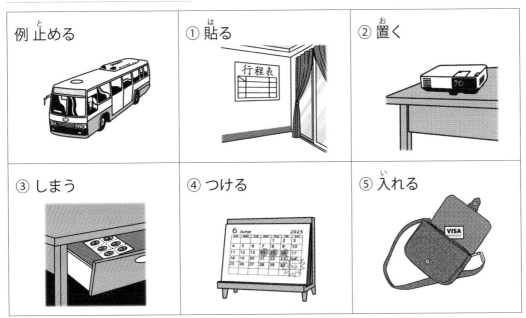

例 止める	① 貼る	② 置く
行程表		
③ しまう	④ つける	⑤ 入れる
	6 June 2023	VISA

① _____

② _____

③ _____

④ _____

⑤ _____

3. 例

例１：映画を見に行きませんか。 （いいえ、レポートを書く）

→ いいえ、レポートを書いてしまいますから。

例２：昨日の宿題をしましたか。 （はい）

→ はい、もう全部してしまいました。

① 一緒に帰りませんか。 （いいえ、会議の準備をする）

→ _____

② 一緒にジョギングをしませんか。 （いいえ、本を読む）

→ _____

③ 彼女にお土産を送りましたか。 （はい）

→ _____

4. 例

どうして試験に遅れましたか。 （時間を忘れる）
→ 時間を忘れてしまいましたから。

① どうしてタクシーで来ましたか。 （道に迷う）

→ _____

② どうして泣いていますか。 （ＵＳＢをなくす）

→ _____

③ どうして同じ本を買いましたか。 （電車に忘れた）

→ _____

5. 旅行する前に何を準備しておきますか。
　　→お金を両替しておきます。

　　① _____

　　② _____

　　③ _____

　　④ _____

6. 会議の前に何を準備しておきましょうか。
　　→会議に出る人に連絡しておいてください。

　　① _____

　　② _____

　　③ _____

　　④ _____

<ruby>先輩<rt>せんぱい</rt></ruby>：<ruby>飲<rt>の</rt></ruby>み<ruby>物<rt>もの</rt></ruby>は<ruby>用意<rt>ようい</rt></ruby>しましたか。

<ruby>後輩<rt>こうはい</rt></ruby>：はい、テーブルに<ruby>置<rt>お</rt></ruby>いてあります。<ruby>椅子<rt>いす</rt></ruby>にもバルーンが<ruby>飾<rt>かざ</rt></ruby>ってあります。

<ruby>先輩<rt>せんぱい</rt></ruby>：パソコン、プロジェクターとマイクは？

<ruby>後輩<rt>こうはい</rt></ruby>：はい、リハーサルしておきました。

<ruby>先輩<rt>せんぱい</rt></ruby>：<ruby>休憩室<rt>きゅうけいしつ</rt></ruby>は<ruby>足<rt>た</rt></ruby>りますか。

<ruby>後輩<rt>こうはい</rt></ruby>：はい、でもまだ<ruby>掃除<rt>そうじ</rt></ruby>が<ruby>終<rt>お</rt></ruby>わっていませんから、すぐに<ruby>掃除<rt>そうじ</rt></ruby>してしまいます。

■ 単語

1	2	池 (いけ)	名詞	池塘
2	1	鴨 (かも)	名詞	野鴨
3	0	環境 (かんきょう)	名詞	環境
4	0	壁一面 (かべいちめん)	名詞	整面牆壁
5	0	和風 (わふう)	名詞	日式
6	0	洋風 (ようふう)	名詞	西式
7	6	バーチャル・リアリティー	名詞	VR（虛擬實境）
8	5	テーブルゲーム	名詞	桌上遊戲
9	0	特徴 (とくちょう)	名詞	特徵
10	3	窓ガラス (まど)	名詞	窗戶玻璃
11	6	クレジットカード	名詞	信用卡
12	1	会議 (かいぎ)	名詞	會議
13	3	会議室 (かいぎしつ)	名詞	會議室
14	3	スケジュール	名詞	行程表
15	3	プロジェクター	名詞	投影機
16	1	マイク	名詞	麥克風
17	5	USB (ユーエスビー)	名詞	隨身碟
18	1	資料 (しりょう)	名詞	文件
19	1	コピー	名詞	複印
20	2	機械 (きかい)	名詞	機器
21	2	リハーサル	名詞	彩排

第十五課

22	0	椅子 （いす）	名詞	椅子
23	2	バルーン	名詞	氣球
24	1	タクシー	名詞	計程車
25	0	道 （みち）	名詞	道路
26	2	レポート	名詞	報告
27	1	ペット	名詞	寵物
28	4	予防注射 （よぼうちゅうしゃ）	名詞	預防注射
29	5	注音符号 （ちゅういんふごう）	名詞	注音符號
30	1	リュック	名詞	背包
31	2	ポケット	名詞	口袋
32	0	机 （つくえ）	名詞	桌子
33	3	小学校 （しょうがっこう）	名詞	小學
34	0	枝 （えだ）	名詞	樹枝
35	0	引き出し （ひきだし）	名詞	抽屜
36	0	丸 （まる）	名詞	圓圈
37	3	パスポート	名詞	護照
38	4	ガイドブック	名詞	導覽手冊
39	1	隅 （すみ）	名詞	角落
40	1	ランプ	名詞	檯燈
41	0	貼る （はる）	動詞（第I類）	張貼
42	0	しまう	動詞（第I類）	收納

43	2	<ruby>迷<rt>まよ</rt></ruby>う	動詞 （第Ⅰ類）	迷路
44	0	<ruby>泣<rt>な</rt></ruby>く	動詞 （第Ⅰ類）	哭泣
45	0	なくす	動詞 （第Ⅰ類）	弄丟
46	0	<ruby>飾<rt>かざ</rt></ruby>る	動詞 （第Ⅰ類）	裝飾
47	0	<ruby>送<rt>おく</rt></ruby>る	動詞 （第Ⅰ類）	送、寄
48	0	<ruby>止<rt>と</rt></ruby>まる	動詞 （第Ⅰ類）	停止
49	0	<ruby>植<rt>う</rt></ruby>える	動詞 （第Ⅱ類）	種植
50	0	<ruby>並<rt>なら</rt></ruby>べる	動詞 （第Ⅱ類）	排列
51	3	<ruby>壊<rt>こわ</rt></ruby>れる	動詞 （第Ⅱ類）	壞掉
52	0	<ruby>汚<rt>よご</rt></ruby>れる	動詞 （第Ⅱ類）	髒掉
53	0	<ruby>開<rt>あ</rt></ruby>ける	動詞 （第Ⅱ類）	打開（門窗等）
54	2	<ruby>閉<rt>し</rt></ruby>める	動詞 （第Ⅱ類）	關閉（門窗等）
55	3	<ruby>倒<rt>たお</rt></ruby>れる	動詞 （第Ⅱ類）	傾倒
56	2	<ruby>落<rt>お</rt></ruby>ちる	動詞 （第Ⅱ類）	掉落
57	2	<ruby>折<rt>お</rt></ruby>れる	動詞 （第Ⅱ類）	折斷
58	0	<ruby>割<rt>わ</rt></ruby>れる	動詞 （第Ⅱ類）	（硬物類）破裂
59	3	<ruby>破<rt>やぶ</rt></ruby>れる	動詞 （第Ⅱ類）	（布紙類）破損

60	0	遅れる	動詞 （第Ⅱ類）	遲到
61	0	入れる	動詞 （第Ⅱ類）	（把物品）放入
62	1	修理する	動詞 （第Ⅲ類）	修理
63	0	連絡する	動詞 （第Ⅲ類）	聯絡
64	0	両替する	動詞 （第Ⅲ類）	兌換外幣
65	1	チェックする	動詞 （第Ⅲ類）	確認
66	2	きちんと	副詞	整齊地
67	0	同じ	副詞・ 連体詞	同様、相同

1. 請用「ています」或「てあります」陳述以下這個房間的狀態。

① _____

② _____

③ _____

④ _____

⑤ _____

⑥ _____

2. 問答。

❶ 教室に何が置いてありますか。

→ _____

❷ 今日、何をしてしまわなければなりませんか。

→ _____

❸ テストの前に何をしておきますか。

→ _____

❹ 小学校に入る前に注音符号を習っておきましたか。

→ _____

❺ 外出する前にマスクをつけておきますか。

→ _____

❻ リュックにたくさんのポケットがついていますか。

→ _____

❼ 家のペットはもう予防注射してありますか。

→ _____

第十六課

みあ
お見合い

學習重點

1.「連用形＋そう」：「樣態助動詞」的句型。

2.「普通形＋そう」：「傳聞助動詞」的句型。

3.「そうな～、～そうに」：修飾句的用法。

お見合いする

　友達が私に彼女の大学院の先輩を紹介しました。友達の話によると、素敵な人だそうです。それから、私はその人と週に何回か SNS で連絡していました。やさしい人だと思いました。

　昨日初めて会って、びっくりしました。彼は確かに頭がよさそうですが、全然笑顔がありませんでした。ご飯を食べている時も何も話しませんでした。こちらが話している時、その人は一生懸命ご飯を食べていて、どうやら私と一緒にご飯を食べたくなさそうでした。

　でも、3 日後、彼から「週末、一緒に食事しませんか。」と連絡が来ました。ちょっと不思議です。

■ 文型

▶ MP3-92

❶ あの先生の授業に遅れそうです。

❷ あの人は服のセンスがなさそうです。

❸ 医者の話によると、この病気は治らないそうです。

❹ 子供は美味しそうにご飯を食べています。

① **A** しまった、ガソリンがなくなりそうです。

B どうしよう、近くに誰もいません。

② **A** 今度の新入社員、忍耐力がなさそうです。

B ゆとり世代の人ですから。

③ **A** このレストランは高いですから、他の所にしませんか。

B でも、美味しい（店だ）そうですから、1回は食べましょうよ。

④ **A** 彼女は今日風邪で来ないそうです。

B そうですか。仕方がありませんね。

⑤ **A** 体調はどうですか。

B もう大丈夫です。心配そうな顔をしないでください。

⑥ **A** あの人はいつも偉そうに話しています。

B 私もあの人が苦手です。

⑦ **A** 噂によると、あの2人は付き合っているそうですよ。

B えっ？本当ですか。全然気づきませんでした。

1. 例

「様態助動詞そうだ」

<ruby>庭<rt>にわ</rt></ruby>の<ruby>木<rt>き</rt></ruby>は（<ruby>倒<rt>たお</rt></ruby>れる）→ <ruby>庭<rt>にわ</rt></ruby>の<ruby>木<rt>き</rt></ruby>は<ruby>倒<rt>たお</rt></ruby>れそうです。

① <ruby>雨<rt>あめ</rt></ruby>は（<ruby>降<rt>ふ</rt></ruby>る）　　　→ _____

② <ruby>荷物<rt>にもつ</rt></ruby>は（<ruby>落<rt>お</rt></ruby>ちる）　→ _____

③ <ruby>女<rt>おんな</rt></ruby>の<ruby>人<rt>ひと</rt></ruby>は（<ruby>忙<rt>いそが</rt></ruby>しい）→ _____

④ この<ruby>帽子<rt>ぼうし</rt></ruby>は（<ruby>暖<rt>あたた</rt></ruby>かい）→ _____

⑤ おばあさんは（<ruby>元気<rt>げんき</rt></ruby>）→ _____

2. 例

美味_{おい}しそうなケーキ
楽_{たの}しそうに遊_{あそ}んでいる

① 高_{たか}い／ブラウス　　　　→ _____

② 苦_{にが}い／薬_{くすり}　　　　　　→ _____

③ 面白_{おもしろ}くない／３Ｄ映画_{スリーディー えい が} → _____

④ 甘_{あま}い／フルーツパフェ　→ _____

⑤ 危険_{き けん}／仕事_{し ごと}　　　　→ _____

⑥ 有名_{ゆうめい}じゃない／高校_{こうこう}　→ _____

⑦ 楽_{たの}しい／ピアノを弾_ひく　→ _____

⑧ 気分_{き ぶん}が悪_{わる}い／見_みえる　→ _____

⑨ 大事_{だい じ}／手紙_{て がみ}を持_もっている→ _____

⑩ 眠_{ねむ}い／勉強_{べんきょう}している　→ _____

⑪ 簡単_{かんたん}／言_いう　　　　→ _____

⑫ 幸_{しあわ}せ／歩_{ある}いている　→ _____

⑬ 日本語_{に ほん ご}が得意_{とく い}／人_{ひと}　→ _____

3. 例

雑誌（ざっし）／あの人（ひと）／結婚（けっこん）する
→ 雑誌（ざっし）によると、あの人（ひと）が結婚（けっこん）しているそうです。

① 先生（せんせい）の話（はなし）／今月末（こんげつまつ）までに／レポートを出（だ）す

→ _____

② 天気予報（てんきよほう）／ 3 日後台風（みっかごたいふう）／来（く）る

→ _____

③ ネットニュース／大勢（おおぜい）の人（ひと）／亡（な）くなる

→ _____

④ 友達（ともだち）の話（はなし）／クラスの中（なか）で一番（いちばん）ハンサムな人（ひと）／来月結婚（らいげつけっこん）する

→ _____

⑤ ネット／夫（おっと）の家事時間（かじじかん）／妻（つま）の 5 分（ごぶん）の 1

→ _____

娘：お母さん、嬉しそうな顔をしているね。

母：あのね、同窓会に親友の玉ちゃんも出るそうよ。

娘：（写真を見て）玉おばさんは元気そうね。

母：そうね、毎日 10 キロのジョギングをしているそうよ。

娘：玉おばさんは暇そうね。私は走る時間もないよ。

母：あなたは、ただの怠け者よ。ところで、この人、どう思う？玉ちゃんの話によると、頭がよくて、やさしいそうよ。

娘：おばさんの息子さん？そうね、背は高いけど、やさしくなさそうね。どうしてそんなことを聞くの？

母：来週、この人とお見合いをするのよ。フフフ……

1	5	SNS エスエヌエス	名詞	社群網路
2	1	笑顔 えがお	名詞	笑容
3	1	センス	名詞	品味
4	0	怠け者 なまもの	名詞	懶惰的人
5	0	病気 びょうき	名詞	疾病
6	0	ガソリン	名詞	汽油
7	5	新入社員 しんにゅうしゃいん	名詞	新進職員
8	3	忍耐力 にんたいりょく	名詞	耐性
9	4	ゆとり世代 せだい	名詞	寬鬆世代
10	0	他 ほか	名詞	其他
11	0	仕方 しかた	名詞	方法
12	0	体調 たいちょう	名詞	身體狀況
13	0	噂 うわさ	名詞	傳聞
14	3	大勢 おおぜい	名詞	大量（人）
15	2	ブラウス	名詞	女用襯衫
16	6	3D映画 スリーディーえいが	名詞	3D 電影
17	5	フルーツパフェ	名詞	水果百匯
18	0	ピアノ	名詞	鋼琴
19	1	気分 きぶん	名詞	情緒
20	0	夫 おっと	名詞	丈夫
21	1	妻 つま	名詞	妻子

22	0	雑誌 ざっ し	名詞	雑誌
23	1	誰 だれ	名詞	誰
24	4	お金持ち かね も	名詞	有錢人
25	2	近く ちか	名詞	附近
26	0	高校 こう こう	名詞	高中
27	3	同窓会 どう そう かい	名詞	同學會
28	3	娘 むすめ	名詞	女兒
29	0	息子 むす こ	名詞	兒子
30	0	親友 しんゆう	名詞	最好的朋友
31	0	おばさん	名詞	阿姨
32	2	おばあさん	名詞	奶奶、外婆
33	0	手紙 て がみ	名詞	信
34	4	天気予報 てん き よ ほう	名詞	氣象預報
35	3	台風 たい ふう	名詞	颱風
36	2	晴れ は	名詞	晴天
37	1	ニュース	名詞	新聞
38	2	雪 ゆき	名詞	雪
39	1	コート	名詞	大衣
40	4	今月末 こん げつ まつ	名詞	本月月底
41	0	～後 ご	名詞	～後
42	0	5分の1 ご ぶん いち	名詞	五分之一

43	1	彼女（かのじょ）	代名詞	她
44	2	偉い（えら）	い形容詞	了不起（的）
45	2	苦い（にが）	い形容詞	苦（的）
46	0	危険（きけん）	な形容詞・名詞	危険
47	0	不思議（ふしぎ）	な形容詞	不可思議（的）
48	0	大事（だいじ）	な形容詞	重視（的）
49	2	治る（なお）	動詞（第Ⅰ類）	治癒
50	0	なくなる	動詞（第Ⅰ類）	沒有、消失
51	0	亡くなる（な）	動詞（第Ⅰ類）	過世
52	3	付き合う（つ　あ）	動詞（第Ⅰ類）	交往
53	2	気づく（き）	動詞（第Ⅰ類）	發現
54	0	弾く（ひ）	動詞（第Ⅰ類）	彈奏
55	2	話す（はな）	動詞（第Ⅰ類）	説話
56	2	見える（み）	動詞（第Ⅱ類）	看得見
57	0	お見合いする（みあ）	動詞（第Ⅲ類）	相親
58	3	びっくりする	動詞（第Ⅲ類）	嚇一跳
59	5	一生懸命（いっしょうけんめい）	副詞	努力地、拚命地
60	1	どうやら	副詞	似乎
61	1	ただ	副詞	只

62	1	確<ruby>か<rt>たし</rt></ruby>に	副詞	確實
63	3	ところで	接続詞	話説回來
64		〜によると		根據

1. 以下的動詞、い形容詞、な形容詞、名詞，請分別填入其樣態與傳聞
助動詞。

			樣態	傳聞
動詞	現在	肯定	降りそうだ	
		否定		降らないそうだ
	過去	肯定	降りそうだった	
		否定		降らなかったそうだ
い形容詞	現在	肯定	面白そうだ	
		否定		面白くないそうだ
	過去	肯定	面白そうだった	
		否定		面白くなかったそうだ
な形容詞	現在	肯定	大丈夫そうだ	
		否定		大丈夫じゃないそうだ
	過去	肯定	大丈夫そうだった	
		否定		大丈夫じゃなかったそうだ

名詞	現在	肯定	お金持ちそうだ	
		否定		お金持ちじゃないそうだ
	過去	肯定	お金持ちそうだっだ	
		否定		お金持ちじゃなかったそうだ

2. 請用樣態助動詞或傳聞助動詞回答。

❶ このレポートは何日ぐらいかかりますか。（1週間）

→ _____

❷ 明日は晴れそうですか。（いいえ、天気予報）

→ _____

❸ あのお客さんは買いそうですか。（いいえ、お金がなさそう）

→ _____

❹ この授業、難しいですか。（はい、先輩の話、難しい）

→ _____

3. 請將中文翻譯成日文。

❶ 聽說社長兒子上週結婚了。

→ _____

❷ 你怎麼了？看起來一臉沒精神的樣子。

→ _____

❸ 明天看來會下雪，請穿大衣出門。

→ _____

❹ 吃得一臉不好吃的樣子。

→ _____

附録

数字

1	いち	100	ひゃく、百
2	に	200	にひゃく
3	さん	300	さんびゃく
4	よん、し	400	よんひゃく
5	ご	500	ごひゃく
6	ろく	600	ろっぴゃく
7	なな、しち	700	ななひゃく
8	はち	800	はっぴゃく
9	きゅう	900	きゅうひゃく
10	じゅう	1,000	いっせん、千
11	じゅういち	2,000	にせん
12	じゅうに	3,000	さんぜん
13	じゅうさん	4,000	よんせん
14	じゅうよん、じゅうし	5,000	ごせん
15	じゅうご	6,000	ろくせん
16	じゅうろく	7,000	ななせん
17	じゅうなな、じゅうしち	8,000	はっせん
18	じゅうはち	9,000	きゅうせん
19	じゅうきゅう、じゅうく	10,000	いちまん、一万
20	にじゅう	100,000	じゅうまん、十万
30	さんじゅう	1,000,000	ひゃくまん、百万
40	よんじゅう	10,000,000	いっせんまん、一千万
50	ごじゅう	100,000,000	いちおく、一億
60	ろくじゅう	1,000,000,000,000	いっちょう、一兆
70	ななじゅう	17.5	じゅうななてんご
80	はちじゅう	0.63	れいてんろくさん
90	きゅうじゅう	1/2	にぶんのいち（2分の1）

■ 指示表現

近稱	中稱	遠稱	疑問
これ	それ	あれ	どれ
この	その	あの	どの
ここ	そこ	あそこ	どこ
こちら	そちら	あちら	どちら

■ 時刻

	～點		～分
1	1時 (いちじ)	1	1分 (いっぷん)
2	2時 (にじ)	2	2分 (にふん)
3	3時 (さんじ)	3	3分 (さんぷん)
4	4時 (よじ)	4	4分 (よんぷん)
5	5時 (ごじ)	5	5分 (ごふん)
6	6時 (ろくじ)	6	6分 (ろっぷん)
7	7時 (しちじ)	7	7分 (ななふん)
8	8時 (はちじ)	8	8分 (はっぷん)
9	9時 (くじ)	9	9分 (きゅうふん)
10	10時 (じゅうじ)	10	10分・10分 (じゅっぷん・じっぷん)
11	11時 (じゅういちじ)	15	15分 (じゅうごふん)
12	12時 (じゅうにじ)	30	30分・30分 (さんじゅっぷん・さんじっぷん)
?	何時 (なんじ)	?	何分 (なんぷん)

星期	〜曜日
一	月曜日
二	火曜日
三	水曜日
四	木曜日
五	金曜日
六	土曜日
日	日曜日
？	何曜日

日	一昨日	昨日	今日	明日	明後日	毎日
星期	先々週	先週	今週	来週	再来週	毎週
月	先々月	先月	今月	来月	再来月	毎月
年	一昨年	去年	今年	来年	再来年	毎年

	～小時		～分鐘
1	いち じ かん １時間	1	いっ ぷん １分
2	に じ かん ２時間	2	に ふん ２分
3	さん じ かん ３時間	3	さん ぷん ３分
4	よ じ かん ４時間	4	よん ぷん ４分
5	ご じ かん ５時間	5	ご ふん ５分
6	ろく じ かん ６時間	6	ろっ ぷん ６分
7	しち じ かん ７時間	7	なな ふん ７分
8	はち じ かん ８時間	8	はっ ぷん ８分
9	く じ かん ９時間	9	きゅう ふん ９分
10	じゅう じ かん １０時間	10	じゅっ ぷん　じっ ぷん １０分、１０分
11	じゅういち じ かん １１時間	15	じゅうご ふん １５分
12	じゅうに じ かん １２時間	30	さんじゅっ ぷん　さんじっ ぷん ３０分、３０分
？	なん じ かん 何時間	？	なんぷん 何分

	～天	～個星期	～個月	～年
1	いち にち 1 日	いっ しゅうかん 1 週間	いっ げつ 1 か月	いち ねん 1 年
2	ふつ か 2 日	に しゅうかん　はんつき 2 週間、半月	に げつ 2 か月	に ねん 2 年
3	みっ か 3 日	さん しゅうかん 3 週間	さん げつ 3 か月	さん ねん 3 年
4	よっ か 4 日	よん しゅうかん 4 週間	よん げつ 4 か月	よん ねん 4 年
5	いつ か 5 日	ご しゅうかん 5 週間	ご げつ 5か月	ご ねん 5 年
6	むい か 6 日	ろく しゅうかん 6 週間	ろっ げつ　はんとし 6 か月、半年	ろく ねん 6 年
7	なの か 7 日	なな しゅうかん 7 週間	なな げつ 7 か月	なな ねん　しち ねん 7 年、7 年
8	よう か 8 日	はっ しゅうかん 8 週間	はち げつ はっ げつ 8 か月、8 か月	はち ねん 8 年
9	ここの か 9 日	きゅう しゅうかん 9 週間	きゅう げつ 9 か月	きゅう ねん 9 年
10	とお か 10 日	じゅう しゅうかん　じっ しゅうかん 10 週間、10 週間	じゅっ げつ じっ げつ 10 か月、10 か月	じゅう ねん 10 年
?	なんにち 何日	なんしゅうかん 何週間	なん げつ 何か月	なんねん 何年

■ 日付 <small>ひづけ</small>

	月		日		日
1	いち がつ 1 月	1	ついたち 1 日	17	じゅうしち にち 1 7 日
2	に がつ 2 月	2	ふつ か 2 日	18	じゅうはち にち 1 8 日
3	さん がつ 3 月	3	みっ か 3 日	19	じゅうく にち 1 9 日
4	し がつ 4 月	4	よっ か 4 日	20	はつ か 20 日
5	ご がつ 5 月	5	いつ か 5 日	21	にじゅういち にち 2 1 日
6	ろく がつ 6 月	6	むい か 6 日	22	にじゅうに にち 2 2 日
7	しち がつ 7 月	7	なの か 7 日	23	にじゅうさん にち 2 3 日
8	はち がつ 8 月	8	よう か 8 日	24	にじゅうよっ か 2 4 日
9	く がつ 9 月	9	ここの か 9 日	25	にじゅうご にち 2 5 日
10	じゅう がつ 10 月	10	とお か 10 日	26	にじゅうろく にち 2 6 日
11	じゅういち がつ 1 1 月	11	じゅういち にち 1 1 日	27	にじゅうしち にち 2 7 日
12	じゅうに がつ 1 2 月	12	じゅうに にち 1 2 日	28	にじゅうはち にち 2 8 日
?	なんがつ 何月	13	じゅうさん にち 1 3 日	29	にじゅうく にち 2 9 日
		14	じゅうよっ か 1 4 日	30	さんじゅう にち 3 0 日
		15	じゅうご にち 1 5 日	31	さんじゅういち にち 3 1 日
		16	じゅうろく にち 1 6 日	?	なんにち 何日

■ 助数詞 (じょすうし)

	物品、項目	樓層	人數	次數
1	1つ (ひと)	1階 (いっかい)	1人 (ひとり)	1回 (いっかい)
2	2つ (ふた)	2階 (にかい)	2人 (ふたり)	2回 (にかい)
3	3つ (みっ)	3階 (さんがい)	3人 (さんにん)	3回 (さんかい)
4	4つ (よっ)	4階 (よんかい)	4人 (よにん)	4回 (よんかい)
5	5つ (いつ)	5階 (ごかい)	5人 (ごにん)	5回 (ごかい)
6	6つ (むっ)	6階 (ろっかい)	6人 (ろくにん)	6回 (ろっかい)
7	7つ (なな)	7階 (ななかい)	7人、7人 (ななにん、しちにん)	7回 (ななかい)
8	8つ (やっ)	8階、8階 (はっかい、はちかい)	8人 (はちにん)	8回、8回 (はっかい、はちかい)
9	9つ (ここの)	9階 (きゅうかい)	9人 (きゅうにん)	9回 (きゅうかい)
10	10 (とお)	10階、10階 (じゅっかい、じっかい)	10人 (じゅうにん)	10回、10回 (じゅっかい、じっかい)
?	いくつ	何階 (なんがい)	何人 (なんにん)	何回 (なんかい)

	細長狀物品	杯裝飲料	小動物、魚、昆蟲	年齡
1	1本 (いっぽん)	1杯 (いっぱい)	1匹 (いっぴき)	1歳 (いっさい)
2	2本 (にほん)	2杯 (にはい)	2匹 (にひき)	2歳 (にさい)
3	3本 (さんぼん)	3杯 (さんばい)	3匹 (さんびき)	3歳 (さんさい)
4	4本 (よんほん)	4杯 (よんはい)	4匹 (よんひき)	4歳 (よんさい)
5	5本 (ごほん)	5杯 (ごはい)	5匹 (ごひき)	5歳 (ごさい)
6	6本 (ろっぽん)	6杯 (ろっぱい)	6匹 (ろっぴき)	6歳 (ろくさい)
7	7本 (ななほん)	7杯 (ななはい)	7匹 (ななひき)	7歳 (ななさい)
8	8本 (はっぽん)	8杯 (はっぱい)	8匹 (はっぴき)	8歳 (はっさい)
9	9本 (きゅうほん)	9杯 (きゅうはい)	9匹 (きゅうひき)	9歳 (きゅうさい)
10	10本、10本 (じゅっぽん、じっぽん)	10杯、10杯 (じゅっぱい、じっぱい)	10匹、10匹 (じゅっぴき、じっぴき)	10歳、10歳 (じゅっさい、じっさい)
?	何本 (なんぼん)	何杯 (なんばい)	何匹 (なんびき)	何歳 (なんさい)

	順序、編號	書籍、雜誌	薄而扁平的東西	鞋、襪
1	いちばん 1番	いっさつ 1冊	いちまい 1枚	いっそく 1足
2	にばん 2番	にさつ 2冊	にまい 2枚	にそく 2足
3	さんばん 3番	さんさつ 3冊	さんまい 3枚	さんぞく 3足
4	よんばん 4番	よんさつ 4冊	よんまい 4枚	よんそく 4足
5	ごばん 5番	ごさつ 5冊	ごまい 5枚	ごそく 5足
6	ろくばん 6番	ろくさつ 6冊	ろくまい 6枚	ろくそく 6足
7	ななばん 7番	ななさつ 7冊	ななまい 7枚	ななそく 7足
8	はちばん 8番	はっさつ 8冊	はちまい 8枚	はっそく 8足
9	きゅうばん 9番	きゅうさつ 9冊	きゅうまい 9枚	きゅうそく 9足
10	じゅうばん 10番	じゅっさつ じっさつ 10冊、10冊	じゅうまい 10枚	じゅっそく じっそく 10足、10足
?	なんばん 何番	なんさつ 何冊	なんまい 何枚	なんぞく 何足

動詞の活用表

Ⅰ類動詞

課	ます形	辞書形	た形
3	あります	ある	あった
3	飲みます	飲む	飲んだ
3	帰ります	帰る	帰った
3	行きます	行く	行った
3	読みます	読む	読んだ
3	入ります	入る	入った
5	目指します	目指す	目指した
5	撮ります	撮る	撮った
5	登ります	登る	登った
5	かかります	かかる	かかった
6	もらいます	もらう	もらった
6	祝います	祝う	祝った
6	会います	会う	会った
6	買います	買う	買った
6	働きます	働く	働いた
7	作ります	作る	作った
7	太ります	太る	太った
8	喋ります	喋る	喋った
8	降ります	降る	降った
8	（風邪を）ひきます	ひく	ひいた
8	受かります	受かる	受かった
8	泳ぎます	泳ぐ	泳いだ
8	歌います	歌う	歌った
8	使います	使う	使った
8	持ちます	持つ	持った
8	遊びます	遊ぶ	遊んだ
8	切ります	切る	切った
9	住みます	住む	住んだ
9	焼きます	焼く	焼いた

て形	ない形
あって	ない
飲んで	飲まない
帰って	帰らない
行って	行かない
読んで	読まない
入って	入らない
目指して	目指さない
撮って	撮らない
登って	登らない
かかって	かからない
もらって	もらわない
祝って	祝わない
会って	会わない
買って	買わない
働いて	働かない
作って	作らない
太って	太らない
喋って	喋らない
降って	降らない
ひいて	ひかない
受かって	受からない
泳いで	泳がない
歌って	歌わない
使って	使わない
持って	持たない
遊んで	遊ばない
切って	切らない
住んで	住まない
焼いて	焼かない

課	ます形	辞書形	た形
9	楽しみます	楽しむ	楽しんだ
9	手伝います	手伝う	手伝った
9	済みます	済む	済んだ
9	洗います	洗う	洗った
9	磨きます	磨く	磨いた
9	知ります	知る	知った
9	乗ります	乗る	乗った
9	いじります	いじる	いじった
9	終わります	終わる	終わった
9	立ちます	立つ	立った
9	休みます	休む	休んだ
9	書きます	書く	書いた
10	走ります	走る	走った
10	置きます	置く	置いた
10	吸います	吸う	吸った
10	脱ぎます	脱ぐ	脱いだ
10	折ります	折る	折った
10	渡ります	渡る	渡った
10	履きます	履く	履いた
10	並びます	並ぶ	並んだ
10	やります	やる	やった
10	なります	なる	なった
10	座ります	座る	座った
10	分かります	分かる	分かった
11	散ります	散る	散った
11	咲きます	咲く	咲いた
12	向きます	向く	向いた
12	言います	言う	言った
12	聞きます	聞く	聞いた
12	通います	通う	通った
12	話し合います	話し合う	話し合った

て形	ない形
楽しんで	楽しまない
手伝って	手伝わない
済んで	済まない
洗って	洗わない
磨いて	磨かない
知って	知らない
乗って	乗らない
いじって	いじらない
終わって	終わらない
立って	立たない
休んで	休まない
書いて	書かない
走って	走らない
置いて	置かない
吸って	吸わない
脱いで	脱がない
折って	折らない
渡って	渡さない
履いて	履かない
並んで	並ばない
やって	やらない
なって	ならない
座って	座らない
分かって	分からない
散って	散らない
咲いて	咲かない
向いて	向かない
言って	言わない
聞いて	聞かない
通って	通わない
話し合って	話し合わない

課	ます形	辞書形	た形
12	取ります	取る	取った
13	習います	習う	習った
13	過ごします	過ごす	過ごした
13	間に合います	間に合う	間に合った
14	取り込みます	取り込む	取り込んだ
14	売ります	売る	売った
14	頑張ります	頑張る	頑張った
14	拭きます	拭く	拭いた
14	泊まります	泊まる	泊まった
14	さします	さす	さした
14	かぶります	かぶる	かぶった
14	渡します	渡す	渡した
15	貼ります	貼る	貼った
15	しまいます	しまう	しまった
15	迷います	迷う	迷った
15	泣きます	泣く	泣いた
15	なくします	なくす	なくした
15	飾ります	飾る	飾った
15	送ります	送る	送った
15	止まります	止まる	止まった
16	治ります	治る	治った
16	なくなります	なくなる	なくなった
16	付き合います	付き合う	付き合った
16	気づきます	気づく	気づいた
16	亡くなります	亡くなる	亡くなった
16	弾きます	弾く	弾いた
16	話します	話す	話した

て形	ない形
取って	取らない
習って	習ばない
過ごして	過ごさない
間に合って	間に合わない
取り込んで	取り込まない
売って	売らない
頑張って	頑張らない
拭いて	拭かない
泊まって	泊まらない
さして	ささない
かぶって	かぶらない
渡して	渡さない
貼って	貼らない
しまって	しまわない
迷って	迷わない
泣いて	泣かない
なくして	なくさない
飾って	飾らない
送って	送らない
止まって	止まらない
治って	治らない
なくなって	なくならない
付き合って	付き合わない
気づいて	気づかない
亡くなって	亡くならない
弾いて	弾かない
話して	話さない

Ⅱ 類動詞

課	ます形	辞書形	た形
3	います	いる	いた
3	食べます	食べる	食べた
3	起きます	起きる	起きた
3	寝ます	寝る	寝た
5	疲れます	疲れる	疲れた
6	あげます	あげる	あげた
6	くれます	くれる	くれた
6	見ます	見る	見た
7	痩せます	痩せる	痩せた
8	忘れます	忘れる	忘れた
8	着ます	着る	着た
9	やめます	やめる	やめた
9	乗り換えます	乗り換える	乗り換えた
9	降ります	降りる	降りた
9	浴びます	浴びる	浴びた
9	つけます	つける	つけた
9	慣れます	慣れる	慣れた
10	捨てます	捨てる	捨てた
10	覚えます	覚える	覚えた
10	止めます	止める	止めた
10	出ます	出る	出た
11	調べます	調べる	調べた
12	教えます	教える	教えた
12	足ります	足りる	足りた
14	かけます	かける	かけた
14	借ります	借りる	借りた
15	植えます	植える	植えた
15	並べます	並べる	並べた
15	壊れます	壊れる	壊れた

て形	ない形
いて	いない
食べて	食べない
起きて	起きない
寝て	寝ない
疲れて	疲れない
あげて	あげない
くれて	くれない
見て	見ない
痩せて	痩せない
忘れて	忘れない
着て	着ない
やめて	やめない
乗り換えて	乗り換えない
降りて	降りない
浴びて	浴びない
つけて	つけない
慣れて	慣れない
捨てて	捨てない
覚えて	覚えない
止めて	止めない
出て	出ない
調べて	調べない
教えて	教えない
足りて	足りない
かけて	かけない
借りて	借りない
植えて	植えない
並べて	並べない
壊れて	壊れない

課	ます形	辞書形	た形
15	汚れます	汚れる	汚れた
15	開けます	開ける	開けた
15	閉めます	閉める	閉めた
15	倒れます	倒れる	倒れた
15	落ちます	落ちる	落ちた
15	折れます	折れる	折れた
15	割れます	割れる	割れた
15	破れます	破れる	破れた
15	遅れます	遅れる	遅れた
15	入れます	入れる	入れた
16	見えます	見える	見えた

て形	ない形
汚れて	汚れない
開けて	開けない
閉めて	閉めない
倒れて	倒れない
落ちて	落ちない
折れて	折れない
割れて	割れない
破れて	破れない
遅れて	遅れない
入れて	入れない
見えて	見えない

III 類動詞

課	ます形	辞書形	た形
3	来_きます	来_くる	来_きた
3	します	する	した
6	注文します	注文する	注文した
6	食事します	食事する	食事した
6	買い物します	買い物する	買い物した
7	用意します	用意する	用意した
7	ジョギングします	ジョギングする	ジョギングした
7	残業します	残業する	残業した
9	通学します	通学する	通学した
9	掃除します	掃除する	掃除した
9	洗濯します	洗濯する	洗濯した
9	復習します	復習する	復習した
10	夜更かしします	夜更かしする	夜更かしした
10	準備します	準備する	準備した
10	留学します	留学する	留学した
12	案内します	案内する	案内した
12	心配します	心配する	心配した
12	募集します	募集する	募集した
12	紹介します	紹介する	紹介した
12	休憩します	休憩する	休憩した
13	出席します	出席する	出席した
13	活用します	活用する	活用した
14	転勤します	転勤する	転勤した
14	結婚します	結婚する	結婚した
15	修理します	修理する	修理した
15	連絡します	連絡する	連絡した
15	両替します	両替する	両替した
15	チェックします	チェックする	チェックした
16	お見合いします	お見合いする	お見合いした
16	びっくりします	びっくりする	びっくりした

て形	ない形
来<ruby>来<rt>き</rt></ruby>て	来<ruby>来<rt>こ</rt></ruby>ない
して	しない
注文して	注文しない
食事して	食事しない
買い物して	買い物しない
用意して	用意しない
ジョギングして	ジョギングしない
残業して	残業しない
通学して	通学しない
掃除して	掃除しない
洗濯して	洗濯しない
復習して	復習しない
夜更かしして	夜更かししない
準備して	準備しない
留学して	留学しない
案内して	案内しない
心配して	心配しない
募集して	募集しない
紹介して	紹介しない
休憩して	休憩しない
出席して	出席しない
活用して	活用しない
転勤して	転勤しない
結婚して	結婚しない
修理して	修理しない
連絡して	連絡しない
両替して	両替しない
チェックして	チェックしない
お見合いして	お見合いしない
びっくりして	びっくりしない

■「練習」、「問題」の解答

第2課　自己紹介

練習

1. ❶ 林さんは私の友達です。
   ❷ これは台湾の果物です。
   ❸ あそこは大学の食堂です。
   ❹ あの方は小池先生です。
   ❺ それは中国語の本です。

2. ❶ 山田さんは先生じゃありません。
   ❷ 私は日本語学科の学生じゃありません。
   ❸ これは台湾の果物じゃありません。
   ❹ そこは銀行じゃありません。
   ❺ ルナさんは留学生じゃありません。

3. ❶ それは中国語の本です。
   ❷ あれは台湾のお茶です。

4. ❶ そこはお手洗いです。
   ❷ あそこは食堂です。

5. ❶ これは日本のお茶です。
   ❷ 日本語の本はそこです。
   ❸ あれは韓国の果物です。

問題

1. 請完成下列表格。

   ❶ 4 年生じゃありません。

   ❷ 日本語の本です。

   ❸ 葉さんのじゃありません。

   ❹ 図書館はあそこです。

   ❺ これは宿題じゃありません。

   ❻ 学生でした。

   ❼ 銀行じゃありませんでした。

   ❽ 食堂でした。

   ❾ 705 教室じゃありませんでした。

   ❿ 寮でした。

2. 請完成下列問答。（参考答案）

   ❶ 陳です。

   ❷ 1 年生です。

   ❸ 政治大学です。／台北市です。

   ❹ いいえ、日本語学科の学生じゃありません。

3. 重組。

   ❶ これは何の本ですか。

   ❷ 徐さんも蘇さんもこの大学の学生です。

   ❸ 私の友達は日本語学科の学生です。

   ❹ そこは 328 教室じゃありません。

4. 請將中文翻譯成日文。

　❶ 日本人ですか。／日本の方ですか。

　❷ それは何ですか。／あれは何ですか。

　❸ すみません。お手洗いはどこですか。

　❹ 木村さんは先生じゃありません。学生です。

　❺ 先生、すみません。これは宿題ですか。

5. 看圖作文。（請看圖片的內容，試著寫出幾個簡單的句子。）

　（略）

第 3 課　私の一日

練習

1. 看圖回答問題。

　❶ 今 9 時 10 分です。

　❷ 今 7 時 15 分です。

2. 看圖寫句子。

　❶ 郵便局は午前 8 時から午後 5 時半までです。

　❷ 図書館は午前 7 時から午後 11 時までです。

3. 看圖寫句子。

　❶ 箱の中に猫がいます。

　❷ 冷蔵庫の中にジュースがあります。

4. 看圖寫句子。

① 今朝 7 時に朝ご飯を食べました。

② 毎日 8 時に学校へ行きます。

③ 昨日午後 6 時に家へ帰りました。

④ おととい午後 9 時にお風呂に入りました。

⑤ ゆうべ午後 11 時に寝ました。

問題

1. 請將下列動詞改成現在式的否定形，以及過去式的肯定形和否定形。

現在式		過去式	
肯定形	否定形	肯定形	否定形
食べます	食べません	食べました	食べませんでした
飲みます	飲みません	飲みました	飲みませんでした
行きます	行きません	行きました	行きませんでした
来ます	来ません	来ました	来ませんでした
帰ります	帰りません	帰りました	帰りませんでした
起きます	起きません	起きました	起きませんでした
寝ます	寝ません	寝ました	寝ませんでした
勉強します	勉強しません	勉強しました	勉強しませんでした
読みます	読みません	読みました	読みませんでした
入ります	入りません	入りました	入りませんでした

2. 問答。（參考答案）

① 6 時に起きました。

② 12 時に寝ました。

③ 今日は水曜日です。

④ パンを食べました。

⑤ 10 時から 12 時までです。

3. 重組。

① 毎朝 5 時に起きます。

② 2 時から 5 時までアルバイトをします。

③ ゴミの日は月曜日と水曜日です。

④ 今朝何も食べませんでした。

⑤ 毎日学校へ来ますか。

4. 請將中文翻譯成日文。

① 今日は部活があります。

② 午後 2 時から 4 時まで日本語の授業があります。

③ 私は夜食を食べません。

④ 私は毎朝 6 時ごろ起きます。

第4課　私の家

練習

1. ❶ 重いです。

❷ 甘くありません。／甘くないです。

❸ 面白いです。

❹ あまり辛くありません。／あまり辛くないです。

❺ あまりよくありません。／あまりよくないです。

2. ❶ あの人は親切ではありません。／親切ではないです。／
親切じゃありません／親切じゃないです。

❷ カタカナは簡単ではありません。／簡単ではないです。／
簡単じゃありません／簡単じゃないです。

❸ 私の学校は有名ではありません。／有名ではないです。／
有名じゃありません／有名じゃないです。

❹ このかばんは丈夫ではありません。／丈夫ではないです。／
丈夫じゃありません。／丈夫じゃないです。

❺ 私の古里はにぎやかではありません。／にぎやかではないです。／
にぎやかじゃありません。／にぎやかじゃないです。

3. ❶ 弟の部屋は狭くて汚いです。

❷ この公園はきれいで静かです。

❸ 陳さんはハンサムで明るいです。

❹ おかあさんは若くてやさしいです。

❺ このケーキは大きくて安いです。

❻ 陳さんはやさしくて真面目です。

問題

1. 請將下列「い形容詞」、「な形容詞」改為「否定形」和「中止形」。

い形容詞	否定形	中止形
寒い	寒くありません／寒くないです	寒くて
暑い	暑くありません／暑くないです	暑くて
忙しい	忙しくありません／忙しくないです	忙しくて
美味しい	美味しくありません／美味しくないです	美味しくて
汚い	汚くありません／汚くないです	汚くて
いい	よくありません／よくないです	よくて
安い	安くありません／安くないです	安くて
大きい	大きくありません／大きくないです	大きくて
面白い	面白くありません／面白くないです	面白くて
新しい	新しくありません／新しくないです	新しくて
古い	古くありません／古くないです	古くて
甘い	甘くありません／甘くないです	甘くて
辛い	辛くありません／辛くないです	辛くて
広い	広くありません／広くないです	広くて

な形容詞	否定形	中止形
静か	静かではありません／静かではないです	静かで
にぎやか	にぎやかではありません／にぎやかではないです	にぎやかで
元気	元気ではありません／元気ではないです	元気で
きれい	きれいではありません／きれいではないです	きれいで
簡単	簡単ではありません／簡単ではないです	簡単で
上手	上手ではありません／上手ではないです	上手で
丈夫	丈夫ではありません／丈夫ではないです	丈夫で
便利	便利ではありません／便利ではないです	便利で
親切	親切ではありません／親切ではないです	親切で
有名	有名ではありません／有名ではないです	有名で
好き	好きではありません／好きではないです	好きで
嫌い	嫌いではありません／嫌いではないです	嫌いで
ハンサム	ハンサムではありません／ハンサムではないです	ハンサムで
大切	大切ではありません／大切ではないです	大切で

附録
2

2. 問答。（參考答案）

   ❶ はい、面白いです。

   ❷ いいえ、好きではありません／好きではないです。

   ❸ はい、とても便利です。

3. 重組。

   ❶ このケーキは美味しいです。

   ❷ この問題は簡単です。

   ❸ あの女の人はやさしくてきれいです。

4. 翻譯。

   ❶ 彼はとても有名です。

   ❷ 彼は真面目な人です。

第5課　私の趣味

練習

1. ❶ 先週は忙しかったです。

   ❷ 旅行は楽しかったです。

   ❸ 去年の冬は寒くなかったです。／寒くありませんでした。

   ❹ 公園の人は多くなかったです。／多くありませんでした。

2. ❶ 簡単でした。

   簡単ではありませんでした。／簡単ではなかったです。

   ❷ きれいでした。

   きれいではありませんでした。／きれいではなかったです。

3. ❶ 日本料理と台湾料理とどちらが好きですか。

　　日本料理のほうが好きです。

　❷ 国語と数学ではどちらが苦手ですか。

　　数学のほうが苦手です。

4. ❶ クラスの中で誰が一番背が高いですか。

　　陳さんが一番高いです。

　❷ 科目の中で何が一番苦手ですか。

　　数学が一番苦手です。

問題

1. 請將下列「い形容詞」、「な形容詞」改成過去式的肯定形和否定形。

い形容詞	肯定形	否定形
寒い	寒かったです	寒くなかったです／寒くありませんでした
暑い	暑かったです	暑くなかったです／暑くありませんでした
忙しい	忙しかったです	忙しくなかったです／忙しくありませんでした
美味しい	美味しかったです	美味しくなかったです／美味しくありませんでした
重い	重かったです	重くなかったです／重くありませんでした
いい	よかったです	よくなかったです／よくありませんでした
安い	安かったです	安くなかったです／安くありませんでした
小さい	小さかったです	小さくなかったです／小さくありませんでした
大きい	大きかったです	大きくなかったです／大きくありませんでした

面白い	面白かったです	面白くなかったです／面白くありませんでした
新しい	新しかったです	新しくなかったです／新しくありませんでした
古い	古かったです	古くなかったです／古くありませんでした
甘い	甘かったです	甘くなかったです／甘くありませんでした
辛い	辛かったです	辛くなかったです／辛くありませんでした

な形容詞	肯定形	否定形
静か	静かでした	静かではありませんでした／静かではなかったです
にぎやか	にぎやかでした	にぎやかではありませんでした／にぎやかではなかったです
元気	元気でした	元気ではありませんでした／元気ではなかったです
きれい	きれいでした	きれいではありませんでした／きれいではなかったです
得意	得意でした	得意ではありませんでした／得意ではなかったです
下手	下手でした	下手ではありませんでした／下手ではなかったです
丈夫	丈夫でした	丈夫ではありませんでした／丈夫ではなかったです

簡単	簡単でした	簡単ではありませんでした／簡単ではなかったです
便利	便利でした	便利ではありませんでした／便利ではなかったです
親切	親切でした	親切ではありませんでした／親切ではなかったです
有名	有名でした	有名ではありませんでした／有名ではなかったです
好き	好きでした	好きではありませんでした／好きではなかったです
嫌い	嫌いでした	嫌いではありませんでした／嫌いではなかったです
ハンサム	ハンサムでした	ハンサムではありませんでした／ハンサムではなかったです

2. 問答。（参考答案）

❶ カタカナのほうが難しかったです。

❷ 母が一番上手です。

❸ 京都です。／京都が一番好きです。

3. 選択題。

❶ （a）　　❷ （b）　　❸ （a）

4. 請將中文翻譯成日文。

　　❶ 去年の冬は寒くなかったです。

　　❷ 先週、忙しかったです。

　　❸ 昨日の試験は簡単でした。

　　❹ あのレストランは安くておいしかったです。

5. 試著寫一篇有關「夏休み」的短文。

　　（略）

第6課　誕生日のプレゼント

練習

1. ❶ 鈴木さんは山田さんにカメラをあげます。

　　❷ 私は大熊さんにかばんをあげます。

　　❸ 田中さんは佐藤さんにノートをあげます。

2. ❶ この古い時計は父にもらいました。

　　❷ そのかわいいノートは兄にもらいました。

　　❸ あの便利な辞書は友達にもらいました。

　　❹ あの素敵な靴は姉にもらいました。

3. ❶田中さんは私にノートをくれました。

　　❷鈴木さんは姉に本をくれました。

　　❸友達は妹に辞書をくれました。

　　❹父は私にスマホをくれました。

4. ❶もらいました

　　❷くれました

　　❸あげます

　　❹くれました

　　❺あげませんでした

5　❶私は友達と映画を見ました。そして、食事しました。

　　❷私は朝ご飯を食べます。そして、買い物します。

　　❸私は辞書を買いました。そして、弟にあげました。

　　❹私はケーキを注文します。そして、友達に会います。

問題

1. 助詞填空。

　　❶の、を、に

　　❷に、を

　　❸に、を

　　❹から、を

　　❺に、を

　　❻で

2. 問答。（參考答案）

    ❶ 昨日、私は友達に本をあげました。

    ❷ 誕生日に、私は友達に誕生日ケーキをもらいました。

    ❸ 誕生日に、家族は私にプレゼントをくれました。

    ❹ 誕生日に、友達に会います。そして、食事します。

3. 重組。

    ❶ 山田さんは私にあの帽子をくれました。

    ❷ 私は弟にそのスマホをあげました。

    ❸ 友達は先生に辞書をもらいませんでした。

    ❹ 妹は学校から日本語の本をもらいました。

    ❺ 母は私にセーターをくれました。そして、帽子もくれました。

4. 請將中文翻譯成日文。

    ❶ 私は友達に本をあげました。

    ❷ 父は私にパソコンをくれました。

    ❸ 私は友達に新聞をもらいました。

    ❹ 私は弟にスマホをあげました。そして、妹にセーターをあげました。

    ❺ 妹は大学から辞書をもらいました。

第7課　ピクニック

練習

1. ❶ 大熊さんは喫茶店へコーヒーを飲みに行きました。

　　❷ 鈴木さんは図書館へ日本語を勉強しに行きました。

　　❸ 田中さんはコンビニへビールを買いに行きました。

2. ❶ 私は1日に3回、食事します。

　　❷ 大熊さんは半月に1回、買い物します。

　　❸ 山田さんは1年に2回、国へ帰ります。

3. ❶ 田中さんは1日に5キロ、ジョギングします。

　　❷ 根本さんは1日に2杯、コーヒーを飲みます。

　　❸ 山田さんは1年に2か月、休みます。

4. ❶ 冷蔵庫に桃が4つあります。

　　❷ 山田さんはビールを3本買いました。

　　❸ 鈴木さんはコーヒーを1杯飲みました。

5. ❶ 映画が好きですから、よく見に行きます。

　　❷ 今日はアルバイトしましたから、疲れました。

　　❸ 私はまだ学生ですから、毎晩勉強します。

問題

1. 請填寫助詞。

　❶ へ、に

　❷ に、へ、を、に

　❸ に、から

　❹ から

2. 問答。（参考答案）

　❶ 123,000 円です。

　❷ 来週、テストですから、日本語を勉強しに図書館へ行きます。

　❸ 1 人もいません。

　❹ 寿司を買いにコンビニへ行きます。

3. 重組。

　❶ 私は午後大学へ英語を勉強しに行きます。

　❷ 私は 1 か月に 1 回、友達に会います。

　❸ バナナを 5 本とりんごを 4 つください。

　❹ 寿司が美味しかったですから、たくさん食べました。

4. 請將中文翻譯成日文。

　❶ 山田さんは仕事が忙しいですから、痩せました。

　❷ 私は 1 週間に 2 回、スポーツセンターへ筋トレをしに行きます。

　❸ 佐藤さんは 1 日に 8 時間、英語を勉強します。

　❹ 私は 1 週間に 1 回、スーパーへ食料品を買いに行きます。

　❺ この靴は 1,000 円です。

第 8 課　日曜日の日記

練習

1. ❶ 家で漫画を読んだ。

　❷ 図書館で勉強した。

　❸ 家族とデパートに行った。

　❹ 友達と映画を見た。

　❺ 一人でラーメンを食べた。

　❻ 家族とレストランで食事した。

　❼ 友達にプレゼントをあげた。

2. ❶ 今日は、学校に行かなかった。

　❷ 昨日は、雨が降らなかった。

　❸ 今年は、風邪をひかなかった。

　❹ 去年は、試験に受からなかった。

　❺ 日曜日は、勉強しなかった。

　❻ 去年とおととしは、旅行に行かなかった。

　❼ 三年間、台風が来なかった。

3. ❶ 日本語の歌は歌ったが、英語の歌は歌わなかった。

　❷ ラーメンは食べたが、チャーハンとショーロンポーは食べなかった。

　❸ 飛行機の予約はしたが、ホテルの予約はしなかった。

　❹ 旅行に行ったが、お土産は買わなかった。

　❺ 新しいカバンを買ったが、使わなかった。

　❻ コンビニに行ったが、財布を忘れた。

4. 請完成下列表格。

①	1 会う	1 会った	2 会わない	2 会わなかった
②	0 行く	0 行った	0 行かない	3 行かなかった
③	1 持つ	1 持った	2 持たない	2 持たなかった
④	0 買う	0 買った	0 買わない	3 買わなかった
⑤	1 飲む	1 飲んだ	2 飲まない	2 飲まなかった
⑥	0 遊ぶ	0 遊んだ	0 遊ばない	4 遊ばなかった
⑦	0 乗る	0 乗った	0 乗らない	3 乗らなかった
⑧	1 切る	1 切った	2 切らない	2 切らなかった
⑨	0 着る	0 着た	0 着ない	2 着なかった
⑩	1 見る	1 見た	1 見ない	1 見なかった
⑪	2 食べる	1 食べた	2 食べない	2 食べなかった
⑫	1 来る	1 来た	1 来ない	1 来なかった
⑬	0 する	0 した	0 しない	2 しなかった

問題

1. 請用「たい形」完成下列句子。（參考答案）

❶ ビールが飲みたい。

❷ 面白い映画が見たい。

❸ 新しいパソコンが買いたい。欲しい。

❹ 飛行機に乗りたい。

❺ 友達に会いたい。

2. 請將中文翻譯成日文。

① 朝、起きた。朝ご飯を食べた。それから、部活に行った。とても疲れた。

② 今朝、コンビニに行った。ケーキとコーヒーを買った。ケーキは高かった。

③ お昼は、和食／日本食のレストランに行った。お寿司と天ぷら定食を食べた。
美味しかった。

④ 午後は、友達と一緒に映画を見た。それから、一緒に日本のラーメンを食べ
た。

⑤ 日曜日は、日本の友達と一緒に故宮博物院に行った。とても面白かった。

第 9 課　雨の日

練習

1. ① 私は今、クラスメートと日本語を勉強しています。

② 私は今、山田さんと料理を作っています。

③ 私は今、メリーさんとケーキを焼いています。

2. ① 私は午後からエアコンをつけています。

② 佐藤さんは今朝から外出しています。

③ 鈴木さんは先月から大学の寮に入っています。

3. ① 私は家へ帰って、手を洗って、食事します。

② 佐藤さんはバスに乗って、スーパーへ行って、買い物します。

③ 山田さんはシャワーを浴びて、スマホをいじって、休みます。

4. ❶ 山田さんは宿題をしてから、テレビを見ます。

   ❷ 鈴木さんは掃除してから、外出します。

   ❸ メリーさんはお弁当を食べてから、休みます。

5. ❶ 鈴木さんは最近、バスで大学へ行っています。

   ❷ 大熊さんは最近、掃除機で掃除しています。

   ❸ 根本さんは最近、自分で帰っています。

問題

1. 請將下列動詞「辭書形」改為「て形」。

❶ 遊んで	❷ 飲んで	❸ 買って	❹ 行って
❺ 食べて	❻ 来て	❼ 勉強して	❽ 書いて
❾ 終わって	❿ 寝て	⓫ 作って	⓬ 疲れて
⓭ 読んで	⓮ 入って	⓯ 帰って	⓰ 立って
⓱ 知って	⓲ 住んで	⓳ 歩いて	⓴ もらって

2. 問答。（參考答案）

   ❶ 宿題をします。

   ❷ 友達と図書館で日本語を勉強しています。

   ❸ 台北に住んでいます。

   ❹ 歯を磨いて、食事します。

3. 重組。

   ❶ 佐藤さんは朝ご飯を食べてから大学へ行きます。

   ❷ 妹は最近電車で大学へ行っています。

❸私は掃除が済んでからシャワーを浴びます。

❹山田さんは今お風呂に入っています。

4. 請將中文翻譯成日文。

❶ 私は最近、バスでスーパーへ行っています。

❷私は宿題をしてから、スマホをいじります。

❸山田さんは休んでいます。

❹私は朝起きて、歯を磨いて、顔を洗って、そして、朝ご飯を食べます。

❺私はあの人の名前を知っています。

第10課　生活の中の規則

練習

1. ❶ 写真を撮ってもいいです。

❷映画を見てもいいです。

❸留学してもいいです。

❹ここで寝てもいいです。

❺ネットで買ってもいいです。

❻勉強をしなくてもいいです。

❼テレビを見なくてもいいです。

❽お土産を買わなくてもいいです。

❾買い物に行かなくてもいいです。

❿何もしなくてもいいです。

2. ❶ 図書館で物を食べてはいけません。

❷ 公園の花を折ってはいけません。

❸ 赤信号を渡ってはいけません。

❹ スリッパを履いてください。

❺ 列に並んでください。

❻ 早く寝てください。

3. ❶ 一階のトイレを使わないでください。

❷ 動物に餌をやらないでください。

❸ 図書館で寝ないでください。

❹ ここに車を止めないでください。

❺ 映画館でスマホを見ないでください。

問題

1.

❶ （ア）飲食禁止です。

食べたり飲んだりしてはいけません。

（イ）大きい声で喋ってはいけません。

大きい声で喋らないでください。

（ウ）廊下を走ってはいけません。

廊下を走らないでください。

❷ （ア）マスクをしてください。

（イ）病院に行ってください。

（ウ）薬を飲んでください。

（エ）よく寝てください。早く寝てください。

2. 請將中文翻譯成日文。

　❶ このケーキを食べてもいいですか。

　❷ キッチンは、なくてもいいです。

　❸ 明日、先生に宿題を出してください。

　❹ 風邪の時、アルバイトに行かないでください。

　❺ お酒は、飲んでもいいです。飲まなくてもいいです。

第11課　お花見

練習

1. ❶ 富士山に登ったことがあります。大変でした。

　❷ カラオケに行ったことがあります。楽しかったです。

　❸ 日本の映画を見たことがあります。面白かったです。

2. ❶ 有名なレストランへ食事に行きます。

　❷ 市民会館へ運動に行きます。

　❸ デパートへ買い物に行きます。

3. ❶ 休みの日は小説を読んだり、ゲームをしたりします。

　❷ 毎日料理をしたり、テレビを見たりします。

　❸ 昨日買い物をしたり、映画を見たりしました。

問題

1. 問答。（參考答案）

   ❶ はい、日本の映画を見たことがあります。

   ❷ 日本語の勉強に来ました。

   ❸ ゲームをしたり、料理をしたりします。

2. 重組。

   ❶ 学校でケーキを作ったことがあります。

   ❷ 日曜日、コンビニへアルバイトに行きました。

   ❸ 公園でお花見をしたり、散歩をしたりしました。

3. 請將中文翻譯成日文。

   ❶ 私はアメリカへ行ったことがあります。楽しかったです。

   ❷ 昨日、友達と台北へ山登りに行きました。

   ❸ 夜は家で勉強したり、レポートを書いたりします。

第 12 課　アルバイト

練習

1. ❶ 美味しくない

   ❷ 難しかった

   ❸ 行く

2. ❶ 音楽を聞きながら、料理をしています。

   ❷ スマホを見ながら、食事をしています。

   ❸ お喋りをしながら、お弁当を食べています。

3. ❶ キムさんはかわいいと言いました。

　❷ パイナップルを 2 つ買うと言いました。

　❸ あの人は小泉さんだと言いました。

問題

1. 問答。

　❶ はい、安いと思います。

　❷ 音楽を聞きながら、スポーツをしています。

　❸ 早く帰ってくださいと言いました。

2. 請將中文翻譯成日文。

　❶ （私は）日本のコンビニはとても便利だと思います。

　❷ （私は）図書館は明日休みだと思います。

　❸ （私は）毎日スマホを見ながら、朝ごはんを食べています。

　❹ 先生はテストの時、喋ってはいけないと言いました。

第 13 課　夏休み

練習

1. ❶ 飲んではいけない

　❷ 咲かない

2. ❶ たぶん（試験に）合格しただろうと思います。

　❷ たぶん美味しいだろうと思います。

3. ❶ 午後（宿題を）だそうと思います。

   ❷ 来週（奨学金を）もらおうと思います。

問題

1. 空格處請填入正確的答案。

行く	行こう		過ごす	過ごそう
来る	**来よう**		**寝る**	寝よう
食べる	食べよう		入る	**入ろう**
遊ぶ	遊ぼう		**乗る**	乗ろう
買う	買おう		住む	住もう
勉強する	勉強しよう		降りる	降りよう
働く	働こう		立つ	立とう

2. 請依據提示回答問題。

   ❶ たぶんないでしょう。

   ❷ いるだろうと思います。

   ❸ 行こうと思います。

3. 問答。（請依照提示回答）

   ❶ （猿はリンゴを）食べるでしょう。

   ❷ （この映画は）面白いだろうと思います。

   ❸ 数学を勉強しようと思います。

4. 請將中文翻譯成日文。（請使用「〜でしょう」、「〜だろうと思う」、「〜（よ）うと思う」作答）

  ❶ 英語はたぶん難しくないでしょう。

  ❷ （私は）法隆寺はたぶん古いだろうと思います。

  ❸ 冬休みは（私は）料理を習おうと思います。

  ❹ 上野公園は有名でしょう。

  ❺ （私は）学校の食堂はたぶん安いだろうと思います。

  ❻ （私は）新しいコップを買おうと思います。

第14課　断捨離

練習

1. ❶ 欲しい車です。　　　　　　❷ 難しいテストです。

  ❸ 忙しい毎日です。　　　　　　❹ 有名な会社です。

  ❺ 嫌いな野菜です。　　　　　　❻ 元気な子供です。

  ❼ 来月乗る飛行機です。　　　　❽ 子供が食べない料理です。

  ❾ 先月書いたレポートです。　　❿ 昨日来なかった学生です。

  ⓫ 結婚している会社員です。　　⓬ 明日泊まるホテルです。

2. ❶ これは台湾で一番有名な料理です。

  ❷ リムジンバスは空港からホテルまで走るバスです。

  ❸ 法隆寺は外国人がよく知っているお寺です。

  ❹ 和室は靴を履いて入ってはいけない部屋です。

  ❺ これは目が疲れている時に点す目薬です。

  ❻ みそ汁はどの家庭にもオリジナルの味があるスープです。

3. ❶ かばんを持っている人は山田さんです。

　❷ 帽子をかぶっている人は山口さんと鈴木さんです。

　❸ ぞうりを履いている人は山本さんです。

　❹ めがねをかけている人は山本さんと高橋さんです。

　❺ 着物を着ている人は山本さんです。

　❻ スカートを履いている人は山口さんです。

　❼ 本を持っている人は山田さんです。

　❽ お土産を持っている人は山本さんと鈴木さんです。

問題

1. ❶ 台所があって、トイレがついている部屋がいいです。

　❷ 優しくて責任感がある人が好きです。

　❸ パソコンがある式場を借ります。

　❹ 給料が高くて、残業がない仕事がしたいです。

　❺ ストーリーが面白くて、キャストが有名なドラマが見たいです。

2. ❶ これは私が先週の金曜日にデパートで買ったスマホです。

　❷ トイレと風呂、キッチンがついて、駅から近い部屋はありませんか。

　❸ 私は軽くて、操作が簡単で、写真がきれいなタブレットが欲しいです。

　❹ これは私が初めて日本語で書いた本です。

第 15 課　図書館

練習

1. ❶ コップが倒れています。

　❷ 財布が落ちています。

　❸ 枝が折れています。

　❹ 台所が汚れています。

　❺ スカートが破れています。

2. ❶ 壁にスケジュールが貼ってあります。

　❷ テーブルにプロジェクターが置いてあります。

　❸ 引き出しに薬がしまってあります。

　❹ カレンダーに試験の日に丸がつけてあります。

　❺ かばんにクレジットカードが入れてあります。

3. ❶ いいえ、会議の準備をしてしまいますから。

　❷ いいえ、本を読んでしまいますから。

　❸ はい、もう彼女に送ってしまいました。

4. ❶ 道に迷ってしまいましたから。

　❷ USB をなくしてしまいましたから。

　❸ 電車に忘れてしまいましたから。

5. （参考答案）

　❶ パスポートを準備しておきます。

　❷ ガイドブックを読んでおきます。

　❸ 休みを取っておきます。

　❹ ホテルを予約しておきます。

6.（参考答案）

　　❶ 会議室を予約しておいてください。

　　❷ 資料をコピーして、メールを送っておいてください。

　　❸ 会議室の機械をチェックしておいてください。

　　❹ 資料を読んでおいてください。

問題

1.（参考答案）

　　❶ 部屋の隅にゴミ箱が置いてあります。／部屋の隅にゴミ箱が倒れています。

　　❷ 窓が割れています。

　　❸ ランプが付いています。

　　❹ 机の上にパソコンが置いてあります。

　　❺ 本棚に本が並べてあります。

　　❻ 引き出しが開けてあります。

2.（参考答案）

　　❶ 教室に机や椅子が置いてあります。

　　❷ 今日、宿題をしてしまわなければなりません。

　　❸ テストの前に本を読んでおきます。

　　❹ はい、小学校に入る前に注音符号を習っておきました。

　　❺ はい、外出する前にマスクをつけておきます。

　　❻ はい、リュックにたくさんのポケットがついています。

　　❼ はい、もう注射してあります。

第 16 課　お見合い

練習

1. 「様態助動詞そうだ」
   ❶ 雨は降りそうです。
   ❷ 荷物は落ちそうです。
   ❸ 女の人は忙しそうです。
   ❹ この帽子は暖かそうです。
   ❺ おばあさんは元気そうです。

2. ❶ 高そうなブラウス
   ❷ 苦そうな薬
   ❸ 面白くなさそうな 3D 映画
   ❹ 甘そうなフルーツパフェ
   ❺ 危険そうな仕事
   ❻ 有名じゃなさそうな高校
   ❼ 楽しそうにピアノを弾く
   ❽ 気分が悪そうに見える
   ❾ 大事そうに手紙を持っている
   ❿ 眠そうに勉強している
   ⓫ 簡単そうに言う
   ⓬ 幸せそうに歩いている
   ⓭ 日本語が得意そうな人

3. ❶ 先生の話によると、今月末までにレポートを出さなければならないそうです。

❷ 天気予報によると、3日後台風が来るそうです。

❸ ネットニュースによると、大勢の人が亡くなったそうです。

❹ 友達の話によると、クラスの中で一番ハンサムな人は来月結婚するそうです。

❺ ネットによると、夫の家事時間は妻の5分の1だそうです。

問題

1. 以下的動詞、い形容詞、な形容詞、名詞，請分別填入其樣態與傳聞助動詞。

<table>
<tr><td colspan="3"></td><td>樣態</td><td>傳聞</td></tr>
<tr><td rowspan="6">動詞</td><td rowspan="3">現在</td><td>肯定</td><td>降りそうだ</td><td>降るそうだ</td></tr>
<tr><td rowspan="2">否定</td><td>降りそうもない</td><td rowspan="2">降らないそうだ</td></tr>
<tr><td>降らなさそうだ</td></tr>
<tr><td rowspan="3">過去</td><td>肯定</td><td>降りそうだった</td><td>降ったそうだ</td></tr>
<tr><td rowspan="2">否定</td><td>降りそうもなかった</td><td rowspan="2">降らなかったそうだ</td></tr>
<tr><td>降らなさそうだった</td></tr>
<tr><td rowspan="4">い形容詞</td><td rowspan="2">現在</td><td>肯定</td><td>面白そうだ</td><td>面白いそうだ</td></tr>
<tr><td>否定</td><td>面白くなさそうだ</td><td>面白くないそうだ</td></tr>
<tr><td rowspan="2">過去</td><td>肯定</td><td>面白そうだった</td><td>面白かったそうだ</td></tr>
<tr><td>否定</td><td>面白くなさそうだった</td><td>面白くなかったそうだ</td></tr>
</table>

な形容詞	現在	肯定	大丈夫そうだ	大丈夫だそうだ
		否定	大丈夫じゃなさそうだ	大丈夫じゃないそうだ
	過去	肯定	大丈夫そうだった	大丈夫だったそうだ
		否定	大丈夫じゃなさそうだった	大丈夫じゃなかったそうだ
名詞	現在	肯定	お金持ちそうです	お金持ちだそうだ
		否定	お金持ちじゃなさそうだ	お金持ちじゃないそうだ
	過去	肯定	お金持ちそうだった	お金持ちだったそうだ
		否定	お金持ちじゃなさそうだった	お金持ちじゃなかったそうだ

2. 請用樣態助動詞或傳聞助動詞回答。

　❶（そうですね、）一週間かかりそうです。

　❷ いいえ、天気予報によると、明日は晴れないそうです。

　❸ いいえ、お金がなさそうで、買いそうも（に）ないです。

　❹ はい、先輩の話によると、この授業は難しいそうです。

3. 請將中文翻譯成日文。

　❶ 社長の息子さんは先週結婚したそうです。

　❷ どうしましたか。元気がなさそうな顔をしています。

　❸ 明日は雪が降りそうですから、コートを着て出かけてください。

　❹ 美味しくなさそうに食べています。

■ 日本地図
<ruby>日本地図<rt>にほんちず</rt></ruby>

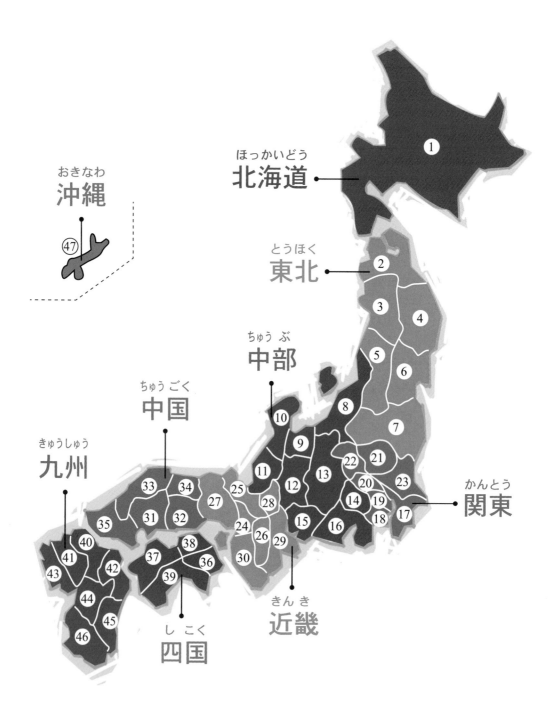

① 北海道
② 青森県
③ 秋田県
④ 岩手県
⑤ 山形県
⑥ 宮城県
⑦ 福島県
⑧ 新潟県
⑨ 富山県
⑩ 石川県
⑪ 福井県
⑫ 岐阜県

⑬ 長野県
⑭ 山梨県
⑮ 愛知県
⑯ 静岡県
⑰ 千葉県
⑱ 神奈川県
⑲ 東京都
⑳ 埼玉県
㉑ 栃木県
㉒ 群馬県
㉓ 茨城県
㉔ 大阪府

㉕ 京都府
㉖ 奈良県
㉗ 兵庫県
㉘ 滋賀県
㉙ 三重県
㉚ 和歌山県
㉛ 広島県
㉜ 岡山県
㉝ 島根県
㉞ 鳥取県
㉟ 山口県
㊱ 徳島県

㊱ 愛媛県
㊳ 香川県
㊴ 高知県
㊵ 福岡県
㊶ 佐賀県
㊷ 大分県
㊸ 長崎県
㊹ 熊本県
㊺ 宮崎県
㊻ 鹿児島県
㊼ 沖縄県

國家圖書館出版品預行編目資料

初級日語：情境學習 / 國立政治大學日本語
文學系　日語教材編輯小組編著
-- 初版 -- 臺北市：瑞蘭國際, 2023.08
280面；19 x 26公分 --（日語學習系列；75）
ISBN：978-626-7274-45-3（平裝）
1.CST：日語 2.CST：讀本
803.18　　　　　　　　　　112011958

日語學習系列 75

初級日語：情境學習

編著｜國立政治大學日本語文學系　日語教材編輯小組
召集人｜鄭家瑜
監修｜王淑琴、喬曉筠、葉秉杰（依姓名筆劃順序）
作者｜今泉江利子、王麗香、金想容、邱麗娟、許育惠、馮秋玉、劉碧惠（依姓名筆劃順序）
協編｜李雯

責任編輯｜葉仲芸、王愿琦
校對｜葉仲芸、王愿琦、詹巧莉

日語錄音｜山藤夏郎、許育惠
錄音室｜采漾錄音製作有限公司
封面設計｜劉麗雪 · 版型設計｜陳如琪 · 內文排版｜邱珍妮
美術插畫｜吳晨華

瑞蘭國際出版

董事長｜張暖彗 · 社長兼總編輯｜王愿琦

編輯部

副總編輯｜葉仲芸 · 主編｜潘治婷
設計部主任｜陳如琪

業務部

經理｜楊米琪 · 主任｜林湲洵 · 組長｜張毓庭

出版社｜瑞蘭國際有限公司 · 地址｜台北市大安區安和路一段 104 號 7 樓之 1
電話｜(02)2700-4625 · 傳真｜(02)2700-4622 · 訂購專線｜(02)2700-4625
劃撥帳號｜19914152 瑞蘭國際有限公司
瑞蘭國際網路書城｜www.genki-japan.com.tw

法律顧問｜海灣國際法律事務所　呂錦峯律師

總經銷｜聯合發行股份有限公司 · 電話｜(02)2917-8022、2917-8042
傳真｜(02)2915-6275、2915-7212 · 印刷｜科億印刷股份有限公司
出版日期｜2023 年 08 月初版 1 刷 · 定價｜580 元 · ISBN｜978-626-7274-45-3

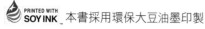
本書採用環保大豆油墨印製